恐怖箱

怪戦《かいせん》

加藤一 編著

竹書房文庫

※本書に登場する人物名は、様々な事情を考慮してすべて仮名にしてあります。また、作中に登場する体験者の記憶と体験当時の世相を鑑み、極力当時の様相を再現するよう心がけています。現代においては若干耳慣れない言葉・表記が登場する場合がありますが、これらは差別・侮蔑を意図する考えに基づくものではありません。

カバーイラスト　近藤宗臣

巻頭言

箱詰め職人からのご挨拶

加藤 一

本書「恐怖箱 怪戦」は、戦争、軍事、合戦などに纏《まつ》わる実話怪談集である。

「戦争はいけないことだ。考えることも近付くことも思い出すことも良くないことだ」

本邦にあっては、永く戦争について語ることは憚《はばか》られてきた。戦争を美化してはいけない。戦争を肯定してはいけない。戦争は悔いなければならない。戦争は辛いものでなければならない。楽しい思い出や輝かしい思い出は否定されなければならない。そして怪異も。

実話怪談は因果因業なものである。

人の営みと怪異譚《たん》は切り離すことができない。人がいれば、必ずそれは目撃され記憶に刻み込まれる。そして、戦時の営みと切り離せない、戦時の記憶の中にしまい込まれたままになっている怪異譚は少なからず、ある。

本書では、もはや虚ろの闇に入滅しつつある「戦時の怪異」の拾遺を目的とした。

自分達の生活圏が戦場になるという実体験を持つ世代も、次第に数を減らしている。

恐らく、今の時代はそれを書き留めておく最後の機会であるかもしれない。

この貴重な機会に際し、叶うならば暫しの黙祷の後に頁を繰っていただきたい。

目次

家宝

「いいか、俺達の御先祖様はなぁ、忍者だったんだぞ、忍者！」

父親は幾度となく注がれたビールを飲みながら、自慢げに話し始める。

（まぁた始まった）

当時高校二年生であった隈田君は、父が酔うと必ず耳にする台詞に辟易《へきえき》した。

「だからぁ！　忍者って言ってもたくさんいるだろっ!?　大体何処のどんな忍者だよ!!」

いつもなら早々にその場を立ち去るのだが、偶々《たまたま》その日は虫の居所が悪かった。

顔を赤らめ、碌《ろく》に呂律《ろれつ》も回っていない父親に食って掛かる。

毎度同じことを繰り返し話しているが、流派も含め、どの時代に存在し、誰に仕えていたのかも聞いたことはない。

忍者の末裔を思わせる姓でもなく、真実味の一欠片《かけら》も見当たらない。

「俺はなぁ、目覚めたんだ！　お前だって今に分かるっ」

明らかに漫画や時代劇の影響としか言いようのない反論に言葉を失った。

一緒に聞いていた母親も、何を言い出すのかとばかりに唖然《あぜん》としている。

目覚めたと言っても、父親は普通のサラリーマンであり、自慢できるような特技もない。

隈田君自身もスポーツなどが少しばかり得意なだけで、別段人より抜きん出ている訳でもない。

「付き合ってらんねーよっ!!」

彼は捨て台詞を吐くと、荒々しい足取りでリビングを飛び出した。

（ったく……いい歳して何が〈目覚めた〉だよ！　馬っ鹿じゃねーのっ!?）

苛立ちを抑えきれないまま、ベッドへ乱暴に身を投げ出す。

それから十分も経たないうちに、階段をどすどすと上る足音が聞こえた。

と同時に、部屋のドアを乱暴に叩いてくる。

最初は無視していたが、鳴り止まないどころか、音は次第に大きくなっていく。

「るせーってんだよっ！　用があるなら入ってくればいいだろっ!!」

我慢の限界とばかりにドアを開ける。

しかし父親は部屋に入らず、入り口付近で、何やらズボンのポケットをごそごそ漁っている。

「ほら、これがその証拠だ」

取り出した物をばらばらと放り投げると、そのまま階段を下りていった。

（酔い過ぎなんだよっ、あのクソ親父!!）

心の中で悪態を吐き、父親が置いていった物に視線を向ける。

――そこには、一枚の手裏剣と五個の撒菱《まきびし》が落ちていた。

鉄製の撒菱はテレビなどで見る物と同じだ。……だが、手裏剣の形状は、彼の知り得る十字や卍型ではなく、薄い平形をしており、放射線状に広がる鋭い刃が付いていた。

掌に収まる大きさの手裏剣を持ち上げ、まじまじと見やる。

「……いってっ！」

刃の先に触れた瞬間、指先から血の粒がじわりと滲んできた。

どうやら思った以上に斬れ味が良いようだ。

（親父、よく普通に触れたな）

触る者を拒む刺々しい武器を前に、ふと父親の言葉を思い出す。

（あっ！　……もしかしたら、俺って、こっち方面では凄い才能があるとか!?）

物は試しとばかりに狙いを定め、親指と人差し指の間に挟んでいた手裏剣を放つ。

「うぉっ、すっげーーっ!!」

手裏剣は速度を落とすことなく、一直線に真正面の壁へ突き刺さった。

興奮からか思わず声を荒らげる。……が、それも長くは続かなかった。

あれだけ鋭利な刃が付いているのならば、誰でもできる芸当だろうと気付いたのだ。

「何か……馬鹿らし……」

子供のようにはしゃいでしまった自分自身に気恥ずかしさを覚え、再度ベッドへ横になる。


(——あれ?)


いつの間にか眠ってしまったらしい。気付くと朝を迎えており、カーテンの隙間からは朝日が差し込んでいた。

大きく伸びをした彼は、長袖のTシャツが窮屈《きゅうくつ》に感じられた。下はジャージを穿いていたのだが、それすらも丈が短く、締め付けられている感じだ。

腕を触ると、筋肉の盛り上がりが服の上からでも分かる。

(は? 身体ってこんな急に成長するもんなの?)

一気に目が覚めた彼は、身体のあちこちを隈なく確認する。

身長も伸びたのか、視界がいつもより高い。腕や足だけでなく、腹部など全てに無駄のない硬い筋肉が付いており、今までの彼の姿など微塵《みじん》も感じさせない。

身体の内側から自信までもが湧き上がり、抑えがたい程に満ち溢れてくる。

「ふんっ!」

勢い勇んでベッドから飛び降りると、足の裏に激痛が走った。

(いってて……)

誤って踏んでしまった撒菱を拾うと、壁に刺さったままの手裏剣を手に、急いで階下へ降りる。

両親は既に起きており、母親はキッチンで朝御飯の支度をしていた。

父親はリビングのテーブル前で腕を組み、瞑想しているのかと錯覚する程静かに腰を下ろしている。

「お……親父、これ……」

何から話してよいのかも分からず、とりあえず手裏剣と撒菱をテーブルの上に置いた。

ゆっくりと目を開いた父親は、身体付きが変わったままの彼を見据える。

「——お前も漸《ようや》く〈目覚めた〉か」

他に答えようもなく、ただこくこくと頷く彼を見つめ、満足げに微笑した。

(目覚めるって、こういうことだったんだ!)

今の自分にならば何でもできる。いや、できない筈《はず》はない。

……そう思っていた矢先、母親の怒声が響いた。

「何やってるの⁉　早く着替えて御飯食べなさいっ‼」

「分かっている……。そう急かすな」

心は既に目覚めてしまっている。

いつもなら苛立ちを含んだ返事をするのだが、目覚めたお陰か口調までも落ち着きを含んでいた。

だが――。

「……何だ、今日も朝から騒がしいなぁ……」

――真後ろから父親の声がした。

(はっ⁉)

振り返ると、寝起きであろう父親が頭を掻きつつ大きな欠伸《あくび》をしている。

(え？　だって……)

隈田君が再度視線をテーブルに配ると、先程まで話していた父親の姿はない。

ただ、テーブルには彼が返した手裏剣と撒菱だけが、その存在を誇示していた。

何が起こったのか理解できず、呆然とする彼を見、〈本物の〉父親はすぐに悟ったようだ。

「おぉ、お前も漸く見られたか？　……ってことは、あの手裏剣、投げただろ？」

答える余裕すらない。……ただ、彼の身体はいつの間にか普段の状態に戻っていた。

「筋肉！　あのムキムキの筋肉はっ⁉　身長は⁉」

焦る彼を前に、父親は撒菱と手裏剣を仏間へ持っていった。

「――あれがな、俺が言ってる〈目覚める〉って奴だ。お前、朝起きたとき、身体付きが変わってただろ？」

何も知らされていないであろう母親の小言を無視し、二人は話に没頭する。

「あれな、俺も同じ体験したんだ。それに妙な自信も漲《みなぎ》ってなかったか？」

未だ信じられず呆然としている彼を余所に、更に話を続ける。

「あの効果は今日一日くらいは続く筈だからな。……ま、期待してろって」

――父親の言葉は見事に的中した。

彼はその日、体育授業のバスケで大活躍をする。皆の動き全てがスローモーションのように見え、一人で颯爽《さっそう》とゴールを決めた。終いにはダンクショットまで成功してしまう程であった。

クラスの皆からは賞賛を浴びたが、それもその日だけで翌日からはごく普通の生活へと戻ってしまう。

「——詳しいことは分からんが、どうやら俺達の御先祖様は忍者、って言っても、武術に長けていたとかじゃないらしい」

後に理由を訊ねた彼に、父親が語った。

「薬草とか、そういった物に詳しくて……こう、目くらましとか、催眠術とか……。それらを使って自分を鼓舞したり、潜在能力を高めてたらしいんだな。……お前が見たってい う俺の姿も、催眠的なものだったんだろうな。……俺も昔、同じ体験をして、父親の姿を見せられたんだ。……で、俺の親父に教えてもらった、という訳だ」

〈目覚めたならいいだろう〉と、家系図のような物を見せられたが、曾祖父から三代上位まで、記述や名前がすっぽりと抜け落ちていた。恐らく、故意に書かれなかったものと思われた。

話に拠ると、手裏剣を投げた後は必ず身体に変化が起き、体調もすこぶる良くなる。

「これはいざとなったときの為の物だから、大事に仕舞っておかなくちゃな」

「はぁ？　親父、普通のサラリーマンじゃねーかよ！　いつ使う機会があるんだよ!?　第一、そんな大事なもん、人の部屋にほいほいと置いていくんじゃねーよっ！」

父親のぞんざいとも思える扱いに、本来もっと数があったのでは……とさえ思えた。

「なぁ、それ俺が持っててもいいだろ？　この家の跡取なんだしさぁ～」

懸命にねだるが、父親は最後まで首を縦には振ってくれなかった。

「どっちにしろ、元々身体の鍛え方も違うんだ。……結局、今の時代の人には扱いきれない代物なんだよ。無闇矢鱈に使えばいいって訳じゃない」

一刀両断されてむくれている彼を、父親は宥《なだ》め諭した。

今では「ここぞ」といったときに限り、手裏剣を投げさせてもらっている。

すると、何処からともなく自信が満ち溢れ、頭も冴えて想像以上の成果を上げることができるのだという。

「俺が死んだら譲ってやるから、それまで気長に待ってろ」

豪快に笑う父親だが、まだまだ隈田君の手に渡る日は遠そうである。

奇妙なレース

健次さんがバイクで和歌山県へ行ったときのことである。

山奥の道路を走っていると、サイドミラーに異様な人影が映った。ざんばら髪、鎧を身に着け、身体中に矢を受けている。傷だらけの武者であった。片足を引き摺っているようだが、猛烈な速度で音も立てずに走ってくる。片手に血刀を提げていた。

健次さんは驚愕してバイクの速度を上げた。追い付かれまいと懸命に逃げる。

だが、武者の足は途轍《とてつ》もなく速かった。たちまち追い付かれてしまう。

ヤバい！　と思った瞬間、武者は健次さんを追い抜いた。両足が少し宙に浮いている。

更に速度を上げて、カーブを曲がった所で見えなくなった。

（良かった。行ってしまったな……）

安堵して健次さんがツーリングを続けていると、再び同じ武者の姿がサイドミラーに映った。顔面は蒼白で鋭い目付きをしている。

その形相に殺気を感じた健次さんはまた必死に逃げたが、すぐに追い抜かれてしまった。

武者はカーブの向こうに姿を消すと、それきり現れることはなかったという。

神社の楠

泰子さんが住む町には、ある武将が戦の前に必勝祈願をしたと伝えられる神社がある。境内には広葉樹の大木が数多く生えていて、天空に向かって思うさまに枝葉を広げていた。中でも際立っているのが巨大な楠だ。

ある日、泰子さんは幼稚園児の息子と娘を遊ばせようと、神社へ連れていった。境内を歩いていたときのこと、不意に背筋にぞわぞわと悪寒が走った。前方にはあの楠が聳立《しょうりつ》している。泰子さんが樹上を見上げると――。

太い枝から人間の足が突き出していた。それも一本や二本ではない。太腿から下の裸の足が、十数本もぶら下がっていたのである。

「あっ、あんな所に足が生えてる!」

「ほんとだ! あっちにもこっちにも!」

子供達も気付いて騒ぎ出した。

すると足は一斉に、釣り上げられた魚のように勢いよく前後左右に跳ね始めた。どの足も筋肉質で毛深く、鍛え上げられた男の足のようである。

気味が悪くなった泰子さんは、すぐに子供達の手を引いて家まで逃げ帰った。

翌日、御主人や友達と大勢で境内へ様子を見に行ったが、そのときは何も起こらなかったという。

ちなみに、ここで必勝祈願をした武将は願いが叶わず、戦に敗れて無惨な最期を遂げている。

兵どもが夢の跡

十数年前、今井卓《いまいすぐる》さんが関わった話である。

彼は東京で生まれ育ったが、就職で会社の工場がある地方へ引っ越した。工場の同じ班に橋本雄大《はしもとたけひろ》という四歳年上の先輩がいて仲良くなった。雄大は地元出身で背が高く、彫りの深い顔立ちをしていた。酒と賭け事に強くて女に好かれ、土地に不案内な卓さんをよく遊びに連れ出してくれた。

雄大は会社の独身寮には入らず、実家から通勤していたが、途中からアパートを借りた。結婚を前提に女と同棲する為である。女は同じ工場の事務員で吉崎マキといい、雄大よりも三歳年下であった。中背でスタイルが良く、人気女優に似た美しい顔立ちをしていた。

その夏、工場が休みの土曜日のこと。

「うちで焼き肉をやるから来いよ。女を紹介してやるぜ」

と、雄大から誘われて卓さんはアパートを訪ねた。

紹介された女は清水弘子といって、マキの高校時代からの友達であった。外見はマキと比べるとかなり見劣りする。四人は夕方から肉を焼いて食べ始め、卓さんと弘子はビールを飲んだ。暫く話したが、弘子はBL小説と名前を聞いたこともないロックバンドの〈おっかけ〉をしているという。スポーツが好きな卓さんとは趣味も合いそうになかった。マキが皆に酌をする。酒好きの雄大は何故かビールを飲まずにウーロン茶ばかり飲んでいた。肉を食べ尽くした頃、

「せっかくこうして集まったんだ。これから肝試しにでも行かねえか?」と雄大が切り出した。そして一同の顔を見回しながら「そうそう、首塚って知ってるか?」と訊いた。

当時卓さんは東京から移り住んで三年余りが経過していたが、首塚の存在は耳にしたことがなかった。マキと弘子も首を傾げている。地元出身の彼女達が知らないところを見ると、さほど有名な場所ではないようだ。

雄大の話に拠れば、ここから約七、八キロ西に戦国時代の遺跡が見つかっている。敵軍に虐殺された名もなき武士達の頭蓋骨が何百も出土した首塚だという。『写真を撮ったら髪を振り乱した生首が写った』という噂が、細々とだが伝わっているらしい。

「嫌よ、首塚なんて!」マキが反対した。「幾ら何でも怖過ぎるよ」

だが、卓さんと弘子は既に行く気になっていた。皆に説得されてマキは渋々同行することになった。

外はかなり蒸し暑かった。夜空に細い三日月が懸かっている。車は雄大が運転した。夜

でも交通量の多い国道を暫く走って裏通りへ入ると、辺りが真っ暗になった。田畑や竹藪が続いて、人家の灯りは疎《まば》らにしか見えない。車一台通るのがやっとの細い夜道を進むうちに小さな駐車場が見えてきた。そこに車を停めて降りる。

「あれが首塚だよ」

雄大が懐中電灯の光を向けると、なるほど塚らしきものがあった。古墳のような大きなものではないが、一面に低い木が植えられており小さな祠が建っている。

マキは雄大の腕にしがみ付いていた。まず二人が祠への階段を上り、卓さんと弘子が後に続く。塚は下草が綺麗に刈り取られていて道はしっかりしていた。祠は慰霊の為に建てられたもので手厚く供養されているらしい。

「この地下に頭蓋骨だけが纏めて埋められていたんだとさ」

と、雄大が説明したが、血まみれの武士や髪を振り乱して飛び回る生首は現れなかった。

やがて雄大は懐中電灯を卓さんに預けると、祠に向かって手を合わせた。実に熱心に祈っている。急に神妙な態度になったので卓さんは意外に思った。

「おや、橋本さん、今日はやけに真面目なんスね」

「ん……いや、死んでいった武士達のことを思ったら、自然と祈りたくなったのさ」

「もう！　ここ怖いよ！　早く帰ろう！」

マキが大声でそう言った直後であった。彼女は急に呻いてしゃがみ込んだ。

立ち眩《くら》みがしたのだという。

「まさか、祟りが……?」

弘子が上擦った声を出す。

卓さんも嫌な予感がしてきた。真っ暗で寂しい場所だけに長居はしたくなかった。

約二十分後、四人はアパートへ戻ってきた。ここは角部屋で北に玄関があり、入ると八畳のダイニングキッチンと風呂場、トイレがあって、南へ向かうと六畳の和室がある。

雄大と弘子がマキを両脇から支えて和室へ連れていく。卓さんが殿《しんがり》で玄関に入りドアを閉めると――。

ドスッ……と、ドアを叩く音が一度だけ聞こえた。

重い物がぶつかったような音でもあった。

不審に思った卓さんはドアスコープから外を覗いたが、人影は見当たらない。

ドアを開けて外へ出てみたものの、やはり誰もいなかった。首を傾げながら室内に入る。

すると、ダイニングキッチンの窓に、ドン！　ドン！　ドスッ！　と、三度続けて何かがぶつかる音がした。カーテンが閉めてあるので外は見えない。

「橋本さん！　さっきから変な音がしてるんです！　窓の外に何かいますよ！」

雄大が訝《いぶか》しげな表情を浮かべながらやってきて、カーテンを捲った。

窓の向こうには誰もいなかった。

「誰かがいたずらして石でも投げたか？」

雄大が窓を開けて外を見下ろす。隣家の一階の窓から灯りが漏れていて、盆栽が整然と並ぶ庭が見えた。卓さんも脇から外を覗いたが、生きた人間が潜んでいる気配はなかった。

卓さんと弘子は怖くなってアパートに泊めてもらうことにした。二人はそれぞれ自転車に乗ってきて今夜のうちに帰るつもりでいたが、もはや一人で夜道を帰る勇気はなかった。

和室で電灯を点けたまま雑魚寝したものの、目が冴えてなかなか眠れない。夏の短夜が酷く長いものに感じられ、朝の訪れがこれほどありがたく思えたこともなかった。

外がすっかり明るくなると、卓さんは逃げるように独身寮へ帰った。

それから三日後。

雄大とマキが揃って仕事を休んだ。〈都合で有給を取りたい〉とのことだったが、先日の一件と関係がありそうで卓さんは心配になった。昼休みに携帯電話に連絡してみると、

「昨夜から厄介なことになってるんだ」

と、雄大がいつになく覇気のない声で語り始めた。

昨夜、雄大は残業して午後九時過ぎにアパートへ帰った。マキは先に帰っている筈だが、呼び鈴を鳴らしても出てこない。鍵を出してドアを開けると、和室のテレビが点いていた。誰も見ていない画面にお笑いタレントの顔が映っている。マキは和室の隅で布団を頭から被って泣いていた。

落ち着くのを待って話を聞いたところ、彼女は夕食の支度を済ませて先程までテレビを見ていたという。だが、突然耳鳴りがして、テレビの音声が遠くから聞こえるようになった。どうしたのかしら、気持ち悪いわね——そう思った直後、大勢の男達の野太い叫び声が耳元から聞こえてきた。更にガシャッ、ガシャッ……と、鎧を着けた者が走り回ったり、刀と刀がぶつかり合うような金属音が木霊する。

マキは先夜のことを思い出して戦《おのの》いたが、どうすることもできずに泣き出してしまった。その声や物音は雄大が帰宅する直前までずっと耳元で響いていたという。

「怖くて気が狂うかと思ったわ……」

雄大も困惑したが、何とかマキを励まして先に寝かせた。

しかし、日付が変わった午前二時頃のこと。雄大はけたたましい悲鳴に安眠を破られた。

驚いて跳ね起きると、消した筈の電灯が点いていて、隣で寝ていたマキの姿がない。

「おい、どうした!?　何処にいる!?」

悲鳴が止んだ。雄大が布団を出て暗いダイニングキッチンを覗くと、床にマキが座り込んでいる。放心状態で目は虚ろ、話ができるようになるまでには五分以上も掛かった。

「一体、何があったんだよ?」

何度も問い掛けるうちに、マキは熱に浮かされたような表情でぼそぼそと語り始めた。

眠っていた彼女は激しい喉の渇きを覚えて目を覚ました。再び眠ろうとしたが、我慢できなかったので水を飲もうと、和室の電灯を点けてダイニングキッチンへ向かった。

そのとき、暗いダイニングキッチンの天井が点々と白く光っていることに気付いた。天井一面を生首の群れが埋め尽くしていたのである。白く光っていたのは、彼女を見下ろす何百もの眼だった。どの生首も乱れた長い髪が垂れ下がり、口や頸の切断面からどす黒い血を滴らせている。その凄惨な光景にマキは立ち竦《すく》んだ。

そこへ生首が一つ抜け落ちて飛んできた。青黒く変色した肌、白く濁った双眼。酷く苦しそうに、或いは無念そうに唇をひん曲げている。それがマキ目掛けて迫ってきたのだ。しかも、その顔には見覚えがあった。鼻と鼻がぶつかりそうな距離まで接近する――。

マキは堪らず絶叫していた。

雄大はダイニングキッチンの電灯を点けたが、天井には白い板しか見えなかった。

彼はふと、見覚えのある顔というのが誰なのか気になって訊ねてみた。

「あれは……女の首だったわ。他のは全部男だったのに……」

マキは不快そうに眉を顰《しか》めて、それだけ答えると黙り込んでしまう。

彼女は朝になっても「気分が悪い」と仕事を休んだ。放ってはおけないので雄大も有給休暇を取ったそうである。

翌日もマキは精神が不安定な状態が続いて仕事を休んだ。雄大は二日続けて休む訳にもいかないので出勤してきたが、帰宅直後に騒ぎが起きたという。

マキが目を怒らせて食って掛かってきたのだ。

「あんな所に連れていくからだっ！　全部あんたのせいだよう！」

と、夜が更けても眠らずに泣き喚く。食器を投げて割ったり家具を蹴って穴を開けた。

困った雄大は翌日、一旦マキを実家へ帰らせることにした。彼女の実家は前年に両親が離婚して父親は余所に住んでいる。それ以来、母親は家族のことに無頓着になり遊び歩いているらしいが、連絡すると姉が迎えに来たという。

マキの精神状態は悪くなるばかりで病欠が続いた。実家に引き籠もっていて、睡眠不足と食欲不振でかつての美貌は損なわれ、げっそりとやつれていったらしい。会いに行った雄大が頬に引っ掻き傷を付けられて翌日出勤してきたこともあった。

そして引き籠もりを始めてから、およそふた月後のこと。

昼間、姉が留守にしている間にマキは久しぶりに実家から外出した。そして近くの踏切へ飛び込み、特急列車に轢《ひ》かれて即死したのである。あれほど優美だった彼女の肉体はミンチのように無惨に砕かれた。ただ、首だけは切断されて吹っ飛び、割と綺麗な状態で線路脇に転がっているのが発見されたという。

訃報を聞いた卓さんが大きな衝撃を受けたことは言うまでもない。同時に〈次は俺の番かもしれない〉と不安になった。

マキの葬儀は彼女の実家近くにある葬儀場で営まれ、卓さんは職場の仲間とともに参列した。マキの家族は母親と姉の他に離婚した父親も参列していた。母親と姉は終始惚けたように表情が乏しく、父親だけが人目も憚《はばか》らずに泣いていた。

その会場で卓さんは弘子と再会した。彼女も同じことを考えていたらしい。

「こんなことになるなんて……次はあたしかもしれない……」

もっとも、首塚に行った夜から後は怪異に遭遇していないという。言われてみれば、卓さんもそうだった。雄大もマキが壊れてゆく様子を目の当たりにしてきたものの、直接生首を目撃してはいない。四人の中で祟られたのは、今のところマキだけである。

どうしてなのか、卓さんは不思議に思った。

他にも不可解なことが生じていた。雄大が葬儀場で終始笑みを浮かべていたことである。さぞやがっかりしているだろうな——と、卓さんは心配していたので意外に思った。雄大は葬儀が済むと、何事もなかったかのように屈託のない笑顔で出勤してきた。

それから一年。

卓さんと雄大の身には相変わらず異変は起きていなかった。雄大の話に拠れば、弘子も無事だという。卓さんはますます不思議に思い始めた。

「何でマキさんだけが祟られたんでしょうね？」

と、訊ねてみたが雄大は「さあな……」と呑気そうに声を立てて笑った。

「俺達だって、これから祟られる可能性がありますよね？」

「ははは……。もう一年も経ってるんだ。大丈夫だろうよ」

卓さんは少し腹が立ってきたが、面と向かって文句を言う度胸はなかった。

卓さんはのちに職場の別の先輩から、意外な話を耳にした。

雄大には三歳年下の妹がいたという。マキと同じ中学校に通っていて同じクラスになったこともあるが、妹は高校受験に失敗して十五歳で自殺している。しかも、雄大の父親とマキの父親は数年間、同じ会社で働いていたことも分かった。偶々マキの父親が転職した為で、上司となった雄大の父親は現職のうちに胃癌で死去している。

ただし、雄大とマキが付き合い始めたのはこの会社に入ってからで、それまではお互いに面識がなかったらしい。雄大が食事に誘ったことが馴れ初めだったようである。

また、あの首塚について調べてみると、こんな伝説が残されていることが分かった。

『首塚には夫婦や恋人同士で行ってはならない。実際に若い夫婦が見物に行ったが、女のほうが間もなく死んでいる。首塚に埋められているのは全部男、それも首しかない侍だ。女には手も足も出せないことを怨んでいるから、仲の良い男女が来ると女に祟りを起こす』

分かったことはそれだけだが、卓さんは雄大のことが恐ろしく思えてきた。それで避けるようになると、向こうも気付いたのか、一度怖い顔をして睨んできた。それきり話しかけてこなくなったという。

その後、卓さんは会社に転勤希望を出して別の地方にある工場へ移動した。雄大は現在も地元の工場で働いているようだが、転勤後は一度も会っていない。

時を越えて

柴野さんが高校生の頃に体験した話。

期間限定で〈開陽丸〉の遺留品が展示されると聞き、友人の小早川君と某所を訪れた。

開陽丸とは、箱館《はこだて》戦争で苦境に立たされていた旧幕府軍の陸上部隊を、援護する為の主力艦であった。しかし、江差沖で座礁し敢えなく沈没。奇しくも長い間、海中深くへと姿を消していたのだ。

元々軍艦に興味のあった二人は、引き揚げられた遺物を見て回り感嘆の声を上げる。

脱塩処理が施されていたとはいえ、錆び付き元が何かすら分からない物も多々あった。

それでも普段目にすることのない大砲や砲弾、錨や火薬缶などを見ては、その一つ一つに興奮していた。

小早川君に至っては、『展示物に手を触れないで下さい』といった注意書きも無視し、物怖じ一つせず触っている。

「本当に触っちゃいけないものだったら、ガラスケースとかに入れてるだろ?」

注意をする柴野さんに対し、友人は都合の良い持論を掲げる。

実際に、サーベルや日本刀などの武器はガラスケースに展示されており、一般客が触れることができないよう工夫がなされていた。


しかし、小早川君が錆だらけの砲弾に手を触れた直後。

直立姿勢のまま、目と口を大きく開き、その場から動かなくなってしまった。

身体は小刻みに震えており、痙攣《けいれん》しているかに見える。

「おいっ、どうしたんだよっ⁉　おいってば‼」

柴野さんの声も届いていないようで、反応は一切ない。

狼狽していると、友人は操り人形を思わせるようなカクカクとした歩みで、近くにいた六十歳程の男性に近寄っていく。

『あのときは……満足にお礼……留吉殿……本当に申し訳ないことを……』

声は友人そのものである。だが、言っている内容が古い言葉でよく分からない。

所々聞き取れない部分はあるにせよ、どうやらお礼と謝罪をしているらしく、深々と頭を下げている。

「君は……誰かな?」

それまで怪訝そうな表情を崩さなかった男性が、『留吉』と聞くなり口を開いた。

友人は自分のことを『勝蔵』と名乗り、海で助けてもらったのだと説明する。

感謝の意と思しき涙を溢れさせ、男性に向かって手を合わせる仕草を取り続けていた。

柴野さん達は「人目があるから……」と場所を変え、ひとまず休憩所へと向かう。

男性は曾祖父の名が『留吉』であることと、自らの素性を語り始めた。

開陽丸についての記述では、〈乗組員は全員脱出して江差に上陸した〉とあるが、実際は泳げない人も多かった。

それらの人を、留吉さん含めた漁師仲間で助けたそうである。

勝蔵という名前は聞かされてはいないが、察するにそのときの一人であろうと思われた。

「今日、丁度出会ったのも何かの縁でしょう」

男性が、拝み続ける友人の肩を優しくぽんぽんと叩く。

途端に、友人は正気を取り戻し、呆けた顔で辺りを見渡している。

話していた内容や、行動は何一つ覚えていないらしく、事情を説明しても首を捻るばかりであった。

その後、乗組員の名前の一部が公開されている書物を見ると、その中に『勝蔵』の名前を発見した。

ただ、件の男性とは違い、小早川君の先祖とは全く縁もゆかりもなく、何故友人に勝蔵さんの想いが宿ったのか分からないままである。

要塞の最期

第二次世界大戦中のことである。

当時七歳だった谷さんは友人のイサムと一緒に、自宅から歩いて小一時間程も掛かる山の中腹付近まで出かけていた。

ここからなら、市街の軍需工場をはっきりと見渡すことができる。

鬱蒼《うっそう》とした木々には無数の蝉《せみ》達がしがみつき、喧《かまびす》しいほどの不協和音を奏でている。

谷さんは額から湧き出る汗を袖で拭いながら、決して工場から視線を外すことなく友人に言った。

「ホントにくるのかなあ」

彼の言葉に、イサムは余り感心のなさそうな表情を隠そうともせずに言った。

「どうだろう。来ないのかも」

彼らがこんなところまでやって来たのは、市街地にある軍需工場にB‐29が爆撃に来る、といった噂が学校中に流れていたからである。

都会ならまだしも、彼らの住んでいる田舎まで爆撃機が来るとは到底思えなかった。

しかし、万が一ということもある。

以前から爆撃機に興味があった谷さんは、イサムを強引に誘って機体とあわよくば爆撃の瞬間を見学しに来たのであった。

朝早くから手弁当で来てはみたものの、時間は間もなく夕方になろうとしていた。

そろそろ帰らないと、父親にぶん殴られるのは目に見えている。

谷さんは上空に目を向けた。

巨大な入道雲がゆっくりと移動しているだけの好天で、数羽の鳶《とび》が空中に輪を描いている。

「そろそろ帰ろうか」

谷さんの言葉に、イサムは待ってましたとばかりに腰を上げた。

「ん、谷君。アレ、何だろう?」

立ち上がった彼が一点を指さしている。

谷さんも腰を上げると、彼の示す方向へと視線を動かした。

木々の立ち並ぶ奥のほうは山肌のようになっている。

そこの一部分に、洞窟のような大穴が開いているのだ。

「あれ、あんなものあったっけ?」

谷さんは好奇心に駆られ、その場所へと歩み寄っていった。

「これって防空壕じゃないの？」

イサムの言葉に、彼は頷いた。

誰かが山肌に拵えた防空壕なのであろうか。

入り口は木枠でしっかりと補強してあり、かなり堅固な作りに見えた。

奥のほうは暗闇が広がっており、どの程度広いかは皆目見当も付かない。

彼らが近所の畑に作った防空壕よりはあからさまに立派であり、これなら空襲があっても大丈夫だろうと、子供心にもそう思える。

「おい、イサム！　ここを僕達の要塞にしようよ！」

「うん、そうしよう！　でも、中はどうなっているんだろう？」

谷さんは今すぐにでも確かめたかったが、自分から入っていくのは少し怖かった。

「……ちょっと入ってみよう」

谷さんはそう言うと、イサムの背中を軽く小突いた。

彼は一瞬嫌な顔を見せながら、ゆっくりと中へ歩いていく。

思ったよりも中は広いらしく、手探り状態で数歩歩いても全貌は明らかにならない。

次第に目が暗さに慣れてはきたものの、奥のほうまでは陽光が行き届かないらしく、泳ぐのを躊躇《ためら》う夜の海のような闇が広がっている。

「仕方ないなあ、あれ使おうよ」

「ええっ！　使っちゃうの？」

暗闇で分からないが、イサムは露骨に嫌な表情をしていたと推察できる。

あれとは、イサムが畑で拾ったマッチであった。

日の丸が描かれた箱に収められており、まだ十数本程度残っていた。

当時、マッチは配給制となっており、おいそれと入手できるような代物ではなかった。

そんな貴重なものであるからこそ彼にとっての宝物であり、こんな所で使いたくはなかった筈である。

谷さんは、彼が肌身離さずそれを持っていることを予め知っていたのだ。

「いいから、ちょっとだけ。な」

谷さんが語気に凄みを利かせると、彼は渋々それに従った。

「分かったよ。じゃあ、いくよ」

イサムはポケットから小箱を取り出すと、慎重な手付きで一本取り出した。

シュッと音と立てて硫黄の香りが鼻を衝くと同時に、辺りが仄《ほの》かに明るくなった。

小さな炎に照らされて、周囲がぼんやりしながらも次第に明らかになっていく。

谷さんは急いで辺りを見回すが壕内はかなり広く、マッチの明かりだけでは奥まで光が届いていない。

「イサム！　何か見つかった？」

唯一の明かりを担う友人に声を掛けるが、返答は全くない。

何げなく壁面に視線を動かしたところ、漢字らしき文字がびっしりと書いてあるではないか。

〈な、何、これ？　お経？〉

達筆過ぎて判読不可能であったが、場所が場所だけにとにかく不気味であった。

落ち着こうと思えば思うほど恐ろしくなってしまい、やけに冷たいものが背中を通り抜けていく。

「お、おい！　イサムっ！」

しかし、返事はない。

不審に思ってイサムに視線を遣ると、彼は下を見つめながら小刻みに震えている。

時折聞こえてくる乱れた呼吸音から、まるで何かに怯えているかのようにも感じられた。

「どうした？　イ、イサム！　いさ……ううううっ　わあぁぁぁっっっ！」

壕内の地面には、無数の青白い手だけが茸《きのこ》のように生えていた。

それらは海底でゆらゆらと蠢《うごめ》く海草のように、苦しそうに五指を動かしている。

イサムの足下のみならず、夥《おびただ》しい数の掌が地面全体に密集していた。

そのとき、生暖かい一陣の風が壕内に流れ込み、もはや死に体であったマッチの火を吹き消した。

「ううううっわあぁぁぁぁっっっ！」

谷さんは大声で喚きつつ、両手をぶんぶん振り回しながら防空壕から遁走《とんそう》した。

ふと振り返ると、炎の消えたマッチの軸を後生大事に持ちながら、顔面蒼白のイサムが走って出てきた。

二人は何も考えず、ただひたすら全速力で山を駆け下りていく。

途中何度も何度も転びながら、無我夢中でその山から逃げ帰った。

それから間もなく、あの防空壕は周囲の木々諸共、B－29によって破壊されてしまった。

ただし、彼らの爆撃によってではなく、墜落によってである。

超空の要塞とまで言われた爆撃機は乗組員全員の命を犠牲にしながら、己自身山中の塵《ちり》と化していた。

後の報道に拠ると、空爆作戦中に何らかの事故によって墜落したものであって、高射砲や戦闘機に撃ち落とされた形跡等は全くないとのことであった。

気になった谷さんがその後調べたところ、あの山に防空壕のような施設など誰も作っていないことが判明した。

「でもなあ……」

あれが防空壕でなかったとしたら、一体なんだったのであろうか。

今となっては、知る由もない。

守る為

金田さんが、亡き祖父から聞いた話。

祖父の貞吉は、山間部の田舎で育った。

日々、村民は畑仕事に明け暮れながらも、その性格からか穏やかな時間を過ごしていた。

そんな中、大東亜戦争開戦の報せが届く。

間もなく貞吉の父は、村の三人の父親達とともに召集され、戦地へ赴いた。

過去にもそういう歴史があったことから、村民も召集を受け入れる覚悟はできていたのかもしれない。

待たされる側の家族は、日本軍勝利の下、無事で戻ることだけを信じていた。

辺鄙《へんぴ》な村に届く情報は大変少ないものであったが、開戦から一年程は『大日本帝国軍の快進撃』が報じられていた。

それを励みに、貞吉を含めた村の子供達は畑を守り続ける。

しかしその情報が、怪しいものへと変化しつつあった。

——二人の憲兵が村へ訪れるようになったのだ。

本来、規律順守や監視が目的である立場の憲兵が、日本軍の苦戦を人目も憚らずに口にする。

有り得ない行動ではあるが、そこまで追い詰められた状況なのか、と誰もが危機感を抱いた。

それを盾に取るよう何度も姿を見せては、都度、村の作物を大量に略取していく。

子供心に、彼らは父と同じく『御国の為に』働く人だと信じていた。

だが、横柄な態度と村民を見下す目付きは、尊い仕事をしているようには到底思えなかった。

(死んじゃえばいいのに……)

ある日、農作物をリヤカーに乗せて立ち去る憲兵を見送りながら、貞吉は心の中で呟いた。


翌早朝。静かな村に衝撃が走る。

村の出入り口付近で、二人の憲兵の死体が発見された。

どちらも腹部を無数の銃弾で貫かれており、銃器を持たない村民の仕業とはとても考えられなかった。

ただ、相手は憲兵である。

厄介事に巻き込まれるのは御免、と村民達は協力し合い、近くの林の中に死体を埋めた。

当然、村長の命で村民には箝口令《かんこうれい》が敷かれる。

皆、それ以上の詮索や、話題に上げることもせず、一週間が過ぎた。

姿を消した憲兵達を捜索にくる者はなく、穏やかな時間が戻ったように思えた。

その矢先、村の中を歩き回る二人の憲兵が現れる。

見覚えのある顔立ちと背格好。

——間違いなく、死んだ筈の憲兵達だった。

言葉を発しないだけで、他は生者と何ら変わりがない。

腹部の傷と出血すら、見当たらなかった。

ただ、矢鱈と周囲を見渡す様は、自分を殺した犯人を探しているとしか思えない。

一方、村人はとことん無視を決め込んだ。

死者ならば、いずれは消え失せるものだと信じ込んでいたのだ。

憲兵の霊が現れてから二週間が過ぎた頃、村へ荷物が届いた。

村長が金田家を含む四家族を呼び出し、荷物を手渡す。

――四家族がそれぞれ受け取った箱はとても軽かった。

貞吉は、それが白木の箱であること。そして、中には一通の手紙しかないことを教えられた。

「うちの爺さん、相当ショックだったみたいでね。死ぬまで、代々の墓に父親の骨がないことを悲しんでましたよ」

手紙には、家族を心配する心情と自らの近況が記されていた。

そして四家族の手紙の中には、奇しくも共通する夢の話が書かれていたそうだ。

「――何でも、『村ニ悪シキ者訪レ、民、貧スルガ、我ラ結託シ、コレヲ撃チ倒スコト成功セリ』みたいなことが書かれてたらしいです」

白木の箱が届くと、憲兵の霊は姿を現さなくなった。

更にその同日、数人の村民には〈ある光景〉が目撃されていた。

――貞吉の父とともに三家族の父親が、憲兵達を追い掛け回していた。

そして村の入り口付近まで辿り着くと、一斉にその姿を消したという。

様相は噂となって村中を駆け廻り、皆を不安にさせた。

恐れる対象である憲兵の生死を疑わせていたのだ。

すぐさま村民は揃って土饅頭に集まるが、そこで違和感を覚える。

土墓が以前より多少膨らんでいるように見えたのである。

村民は安堵したい一心で必死に墓を掘り起こし、漸く遺骸が露わになる――

――腐敗し始めた憲兵達の腹部には、一丁ずつ九九式短小銃の銃口が突き付けられていた。

一方、憲兵が所持していたであろう十四年式拳銃は拳銃嚢《のう》に収まったままであった。

その後、訃報が届いた家族は、四丁の小銃をそれぞれ持ち帰った。

手にする際、誰も同じ銃を取り合うこともなく、自然と四家族へ行き渡った。

……金田家の墓所では、その遺骨の代わりに解体された小銃が納められている。

約束

クニハルは若い頃から右足に重度のリウマチを患っていた。

成人になり、気が付けば杖を突かずには歩けないほど関節炎が悪化しており、そういう訳で徴兵検査は不合格と相成った。


二度目の大戦、真っ最中の頃の話である。

「お前とこうやって酒を飲むのも、これが最後かもしれないな」

当時の日常の中では、そこかしこで男達がそんな会話を交わしていた。

クニハルもまた、何人もの友人と今生の別れを決意し、乾杯を交わしたものだった。

勿論、タフな男達の酒の場には涙もあれば、笑いもあった。

クニハルはとりわけ仲の良い友人とは、よくこんな約束を交わしていた。

「俺が死んだら、必ずお前のところに化けて出てやるからな」

ここまでは戦時の中ではありきたりなブラックジョークである。

「おお、分かった。必ずだぞ。出てきて俺の右足をくすぐれ。ただし、俺の右足がそのときにまだあったらな」

　この返しがクニハル流だった。


　クニハルの関節炎は悪化の一途を辿っていた。

滋養をしっかり取るにはどうにも貧しく、安静にすることはまだ若いクニハルにとって苦痛でしかなかった。

　掛かり付けの医師からは既に壊死《えし》の兆候が見られると告げられていた。

処方された薬は痛みを和らげる。だが、足を失うかもしれない恐怖は消してくれない。

　薬と酒をチャンポンで飲む。

　戦争はまだ終わらない。


　クニハルにはアキという妻がいた。

　三十路を過ぎた頃、とうにクニハルは寝たきりの身だった。

　右足にある感覚は痛みのみ。

　寝返りも打てぬまま、それでも朝晩、酒を飲んだ。

そんなある日の晩、アキが工場での勤めを終え帰宅すると、床の間からクニハルのけたたましい笑い声が聞こえた。

久方ぶりに聞いた亭主の馬鹿笑いの理由を求め、アキは床の間の襖《ふすま》を開けた。

布団で寝るクニハルの足下に、四人の軍人が群がっていた。

何をふざけているのか、軍人はクニハルの足の裏を、ニヤつきながらくすぐっている。

クニハルはアキと目が合うと、顎をしゃくって足下を見るよう促しつつ、更に大きく笑った。

軍人達がくすぐっているのは、右足の裏だった。

あのような腫れ物をくすぐられて、笑みなど零れようもない筈だ。

アキがそのことに気が付くとほぼ同時に、四人の軍人は消えた。

残されたのは亭主の寝息だけだった。

「夢を見たよ。学校の先輩方が約束通りに俺の足をくすぐりに来るんだ。あれは愉快だった。戦地から無事に帰ってきたら、夢のことを先輩方に教えてやらねば」

翌朝、クニハルはアキにそう語った。

アキは、〈それは夢ではない〉と告げるのが忍びなく、ただ頷いた。

それから先、クニハルの右足は徐々に回復していった。

医者は、前代未聞、と絶句。

アキはこの一連の出来事に納得せざるを得ない。

当のクニハルは先輩達にはもう二度と会えないのだと悟り、日に日に痛みが引いていく足を始終さすっては、涙した。


そして戦争は終わり、アキは五人の子を産み、育てた。

告げ口人形

美佐恵さんは最初の夫である孝弘さんを戦争で亡くしている。
正しくは、亡くしている筈である。
南方の島に向かったまでは分かっているが、その生死は不明であった。

出征する日の朝のことである。
孝弘さんは二十センチほどの木彫りの人形を取り出して言った。
「これを僕だと思って持っていてくれ」
腕の良い大工の孝弘さんは、当然ながら手先が器用であった。
遊ぶ物が少ない近所の子供達の為に、常日頃から人形を作ってあげていたほどだ。
一人残す妻の為に、魂を込めて作り上げた人形は孝弘さんに瓜二つであった。
夫の優しさに溢れそうな涙を堪え、美佐恵さんは精一杯の笑顔で送り出した。
それからの日々を支えてくれたのは、この人形であった。
焼夷弾が降り注ぐ中でも、水に浸した手拭いで包み、抱きしめて守り抜いたという。

眠るときは枕元に置き、その日あった出来事を話しかけ、無事を祈るのが習慣となった。目覚めれば、おはようと声を掛け、直ちに磨き上げる。

そうまでして大切にしている人形だったが、ある日突然、傷が付いた。

右の二の腕に刀で切られたような傷があるのだ。

夫に何かあったのではないだろうか。

不安になった美佐恵さんは、どうにもならないとは思いながらも、人形に付いた傷を撫でながら一心不乱に無事を祈った。

十日間が経ち、いつものように祈りを捧げようと人形を手にした美佐恵さんは、思わず歓声を上げた。

人形の傷が消えている。

単純に物理的な現象かもしれない。

それでも、自分が撫でたことで戦場にいる夫を救った気になれた。

この人形さえ無事であれば、夫も無事に帰ってくる。

そう信じた美佐恵さんは、一段と情熱を込めて人形を大切に守った。

戦火はいよいよ厳しくなっており、空襲警報も頻度を増してきた。

そんなある日のこと。

目覚めた美佐恵さんは、いつものようにおはようが言えなかった。

代わりに出たのは悲鳴だ。

人形の左足が取れていたのである。

どうやら太腿の付け根で折れたようだ。

修理しようにも手元には糊すらない。

不安に押し潰されそうな気持ちを落ち着かせ、取れた足を調べてみた。

折れたにしては痕が綺麗過ぎる。

鋭い刃でスッパリと切り落とさねば、このようにはならない。

なおも詳しく調べると、いたる所に残された奇妙な痕跡を見つけた。

点々とした楕円形の痕である。

小さいながらも、それはどう見ても人間の歯型であった。

一体、夫の身に何が起こっているのか想像も付かなかったが、とにかくこのままにはしておけない。

とりあえず、布で縛り付けようと思い立ち、美佐恵さんは行李《こうり》の中を探した。

使えそうな端布が見つかり、人形を持ち上げた途端、今度は右足がポトリと落ちた。

「ああっ」

再び、悲鳴が漏れる。
恐る恐る拾い上げた右足には、同じような歯型がみっしりと残っていた。
結局、三日の間に両手足が全て落ちた。
そのいずれも同じ状態である。
加えて、両方の脇腹と肩、それと臀部の一部分にも歯型は残されていた。

孝弘さんは遂に戻ってこなかった。
戦死の報せすらない。

防空壕のあいつ

「似ているんだよなぁ、それ」

十年ほど前に亡くなった由貴さんのお祖父さんは晩年、由貴さんが当時使っていたガラケーを見て何度もそう言っていたらしい。

由貴さんにどういうことかと詳しく訊くと、太平洋戦争末期、彼女のお祖父さんが体験した出来事について語ってくれた。


敗戦ムードが濃くなってきた当時、お祖父さんは十三～十四歳だった。

そのとき、お祖父さんの住んでいた町には、シゲルという変わり者の青年がいたという。

二十歳を過ぎているのに何故か徴兵されず、かといって町内の手伝いもせずにいつも本ばかり読んでいた。

口癖は、「偉い学者になる」だった。

そんな風だからお祖父さんを含め、子供達からも馬鹿にされていたらしい。

当時、町では空襲警報が鳴ると小学校の裏にある防空壕に避難することになっていた。

その際、お祖父さんは防空壕内でおかしなことをしているシゲルを目撃した。

皆が空襲に怯えている間、シゲルだけは何やら小さな機械装置みたいなものを手にし、光る画面を見ながらブツブツと呟いていたのだという。

その機械装置というのが、ガラケーにそっくりだったとお祖父さんは言っていたのだ。

「そんな筈ないじゃん」と由貴さんは突っ込んだが、お祖父さんは真剣だった。

「いや、正確には電卓に近かったかもしれん。ほぼ光のない防空壕の中であいつの持っていた装置はやたらと明るく光っていた。片手でポチポチと指を動かしていたところなんかは、携帯電話を弄くっている場面にそっくりだった、間違いない」

お祖父さんは、やや興奮気味に由貴さんに反論したという。

もう一つ、おかしなことがあった。

防空壕でシゲルが機械装置を弄っているとき、必ず彼の後ろにはお祖父さんの知らない男がいた。

小さな町だったから、住人の顔はほぼ全員覚えている筈だったが、その男だけは何処の誰だか分からない。

機械装置の光に照らされた男の顔は、若いのか歳を取っているのかも分からなかった。

そして警報が解かれて外に出る際、謎の男は消え、シゲルだけが町に帰っていく。

お祖父さんは防空壕に行く度に、そんな光景を目撃していた。

一度、お祖父さんはシゲルに機械装置や男のことを訊いてみたという。

しかしシゲルは真顔で「国家機密だ」と言い、それ以上は何も話してくれなかった。


ある晩、また空襲警報が鳴って町の皆が防空壕に避難した。

お祖父さんはシゲルの横でうずくまって警報が解かれるのを待っていた。

シゲルはいつものように機械装置を弄っていたが、何故かその晩に限ってあの謎の男はいなかった。

「そうか、やっぱり負けるのか……」

大分時間がたった後、シゲルはボソッと呟くと機械装置を懐に入れ、憔悴《しょうすい》しきったように項垂《うなだ》れた。

警報が解かれ皆が防空壕から出るとき、シゲルだけは項垂れたままだった。

「シゲやん、帰るよ」

お祖父さんはシゲルを揺さぶったが、

「いや俺は行けない、お前は早く帰れ」と悲しそうな声で答えた。

「何言っているんだ、早く……!?」

そのとき、いつの間にかシゲルの背後に、あの謎の男が立っていた。

男はお祖父さんに警告するかのように鋭い目付きで睨みつけた。

更に男以外の人間が数人、何処からともなく現れてシゲルを取り囲んだ。

全員、お祖父さんが町で見たことのない男達だった。

怖くなったお祖父さんは急いで防空壕から逃げ出した。

その日、日本の敗戦が決まった。

数日後、シゲルは崩れ落ちた防空壕で、生き埋めになっていたところを発見された。

機械装置や謎の男達のことは、お祖父さんの耳に全く入ってこなかったという。

尻

昔、田舎の婆さんが話してくれたんだけどさ。家の近くの山に防空壕があったんだって。

そこで誰か死んだとかそういう話はないらしいんだけどね。

太平洋戦争中のある日のこと。まだ若かった婆さんがその防空壕の横を通ったら、兵隊さんが一人でぽつんと立っていたんだと。

カーキ色の軍服を着て、兵隊さんは何をするでもなくこちらに背を向けて立っていた。

その辺りじゃ兵隊さんなんて見ないから、どうかされましたかって声を掛けようとしたんだって。

そのとき気が付いてハッとした。

兵隊さんの向こうが透けて見えた。

もうその瞬間、これはこの世のものじゃないって思った。

でもね、婆さんは逃げなかった。

怖いは怖い。

でも、その、何て言うかな。

その兵隊さんの下半身がスッポンポンだったたっていうんだよ。綺麗な輝くような丸い尻をしていたらしい。

もう今となっちゃ齢八十近い婆さんも、当時はまだ乙女だったからさ、暫くその尻に見とれてたんだと。

すぐ我に返って一目散に逃げ帰ったらしいんだけどね。

その婆さんがさ、今まで生きてきて一番綺麗な尻はあれだったたって、凄く照れながら言ったんだよね。

戦争のことで一番の記憶だって。うん。マジな話。

抑留の果て

太平洋戦争も終焉《しゅうえん》を迎えようとしていた頃の話である。

村岡さんの父親は妻子を日本に残して、ソ連・満州国境警備に就いていた。

当時国民学校初等科であった村岡さんは、この戦争の是非はともかく、父親の無事な帰還だけを一日千秋の思いで待っていた。

やがて、日本軍は連合軍に無条件降伏することになった。

村中の人達が公民館に集い、村で唯一のラジオの前で誰もが頭を垂れて落涙していたことを、少国民であった村岡さんは鮮明に覚えている。

「悲しいってことよりも、父が帰ってくるかもしれないっていう喜びのほうが勝っていました」

当時の国民意識から見ればとんでもない考えだったのかもしれないが、まだ幼かった彼にとっては仕方がないことでもある。

しかし、彼の父親がすぐに帰国することはなかった。

現地でソ連軍に武装解除された部隊は、そのままシベリアへ抑留されたとの報せが舞い込んできたのである。

その過酷且《か》つ劣悪な環境での強制労働は想像を絶するものであったと聞く。

多くの捕虜が耐えられずに亡くなっていったが、幸運なことに村岡さんの父親は四年を超える拘留期間の後、日本へと帰国することができた。

「あんときは嬉しかったなあ。もう、ダメかと思っていたから……」

飢餓や強制労働のせいですっかりと容貌が変化していたものの、彼の父親は戦友達と一緒に故郷の土を踏むことができたのである。

だが、シベリア帰りの彼らに対して世間の風当たりは大層強かった。

「何て言ったらいいのかなあ。その、周りの目がねえ……」

確かに、村岡さんもそのような噂話があることを知ってはいた。

「シベリア帰りは共産主義者《アカ》だ」

「共産主義を広める念書を書いた」などなど、様々な噂が流れてはいたが、村岡さんにとっては途轍もなく馬鹿馬鹿しいことに思えた。

御国の為に命を賭けて必死に戦い、故郷に帰りたい、家族に会いたい、その一心で過酷な収容所生活を生き延びてきた人達ではないか。

たとえそのような噂が流れても、彼らの無事な姿を見ればそのような愚かな考えは消えてしまうだろう。

子供の彼はそう信じて疑わなかったが、果たして現実は異なっていた。

帰って間もないにも関わらず、シベリア帰りの人達に対する警察の取り調べは連日にも及び、和らぎかけていた周囲の目も一層厳しくなっていく。

更に村岡さんに対する級友達の態度も、明らかに悪いほうへと変化していった。

上級生にぶん殴られることなど日常になってしまったし、同級生からも嫌がらせを受ける日々が続いた。

しかし、シベリアから帰還した家族がいるのは自分だけではない筈である。

それにもかかわらず、どうして自分だけが疎《うと》まれるのか。

村岡さんにとって、到底理解できないことであった。

あるとき、道を歩いていた村岡さんは、見知らぬ中年の男性に声を掛けられた。

片足を引き摺って歩いていたから、恐らく何処かから帰還した兵隊さんだったのであろう。

「おい、お前！　お前、村岡の小倅《こせがれ》か？」

その厳しい口調にたじろぎながらも、彼は気丈に肯定の返事をしたところ、唐突に顔面へと唾を吐き掛けられた。

左目に唾が入り、一瞬何が起きたか分からなかった彼に、中年の男は言った。

「よく帰ってこられたもんだな、糞が！」

家に戻ってすぐに母親へとそのことを伝えたが、彼女は一瞬悲しそうな表情を浮かべながらも、すぐに真顔へ戻って彼に告げた。

「色々あるだろうけど、頑張ろうな……」


ある晩、村岡さんは夜中に尿意を催して目が覚めた。

隣では両親がぐっすりと寝入っていた為、彼は極力音を立てないように注意しながら部屋を抜け出した。

廊下に差し込む月明かりを頼りに、彼は歩を進める。
ザ、ザザ、ザ、ザザ、ザ……
コオロギの鳴き声に合い重なるように、何かおかしな音が聞こえてくる。
ザ、ザザ、ザ、ザザ、ザ……
まるで、家の中を幾人もの人達が歩いているような物音である。

訝しんだ彼は歩みを止め、その音にじっと耳を傾けた。

しかし次第に恐ろしくなってしまった。

どさっ、どさっ、といった重厚且つ不揃いな足音が、確かに聞こえてくる。

しかも、それだけではなかった。

ぼそぼそと数人にも及ぶ人間の話し声まで混じっている。

〈何処からだろうか？　何処から聞こえてくるのか？〉

彼は便所に行くことも忘れて引き返すことにし、音がする方向へおずおずと向かっていった。

ふと、心臓の鼓動が早くなっていく。

そこは先程まで自分が眠っていた部屋、すなわち家族三人の寝室である。

〈嘘！　嘘だろうっ！〉

どうしてこんな所に大勢の人がいるのか？

とにかく信じられなかったが、障子の向こう側から音が聞こえてくることに間違いはない。

彼は音を立てないよう、細心の注意を払って障子を静かに開けた。

その刹那《せつな》、先程までの足音と話し声が一斉に消え失せた。

欄間から忍び入る仄かな月明かりの下、彼は部屋中に目を配る。

コオロギの鳴き声と両親の微かな寝息しか聞こえてこない。

二人とも布団の中でぐっすりと寝入っているかと思われたが、薄闇に目が慣れてくると、細かなことまで分かってきた。

それと同時に、村岡さんの背筋が一瞬で凍り付いた。

彼の父親は両目をかっと見開き、苦悶の表情を浮かべている。

口角からは泡にも似た涎が溢れており、顔面全体が小刻みに震えていた。

布団からは顔と右手だけが出ているが、その手は不自然な位置から這い出たかのように彼の喉元に置いてある。

隣では母親が全身を布団に包みながら、泣き声を押し殺しているようにも思える。

〈何？　一体、何が起きているのか？〉

村岡さんがその場で呆然としていると、堅く重い靴底が地面を叩くような音が再び鳴り始める。

ざっ、ざっ、ざっ、ざっ、ざっ……

薄闇の中、両親の周りをまるで取り囲むように、幾人分もの軍靴が歩いていた。

靴から上の部分は次第に朧気《おぼろげ》になっており、まさに靴だけが歩いているように見える。

更に数人の話し声が混じり始めた。

いずれの声も怒気をふんだんに含んでおり、何者かを非難する激しいものである。

しかし、余りにも声が小さ過ぎて、その内容まで聞き取ることはできない。

彼はこの場から逃げ出したかったが、両足がその意志に応えようとしてくれなかった。

「すまん！　すまん！　勘弁してくれ！　すまん！」

布団から顔と右手だけを覗かせた父親が、ぼそぼそと口を開き始めた。

村岡さんは思わず声を掛けようとしたところ、あることに気が付いて全身の力が抜けていくような感覚を覚えた。

父親の喉元に置いてある手が、微妙に位置を変えていたのだ。

辺りの軍靴同様に、手首から先は朧気になっている。ということは、その手は父親の手ではなかったのだ。

しかもよくよく目を凝らして見てみると、彼の布団には幾人分もの手だけがびっしりと纏わりついているではないか。

うぐっ、うっ、うっ、うぐっ、うっ、うぐぐ。

何故だろうか、涙が止まらない。恐ろしさよりも、悲しさのほうが強いのはどうしてなのか。

母親も同じだったのだろうか。念仏のようなものを涙声で唱えながら、布団の中で一人震えている。

無性にやるせない思いに囚われた村岡さんは、止めどなく湧き出る涙で顔を濡らしながら、その場から脱兎の如く逃げ失せた。

そのまま便所に駆け込んだ彼は、朝までその場所で泣きじゃくっていた。

翌朝、彼は昨晩のことを何度も両親に訊ねようとしたが、何となく悪いような気がして訊くに訊けなかった。

そう、決して訊ねてはいけない。訊ねた途端、全てが壊れてしまうような妙な感覚に囚われていたのだ。

だがその日を境に、彼の父親の身体や言動に異変が生じてきた。

優しかった眼差しがいつしか眼光鋭くなっていき、ほんの些細なことで激昂し周囲に暴力を振るうことが日常と化していったのである。

戻りかけていた体重も如実に減り始め、帰還当初のような風姿になっていった。

あるとき、村岡さんが学校から帰ってきたときのこと。

家の前で父親が暴れていたことがあった。

顔面を紅潮させながら、「仕方ねえ！　仕方ねえんだ！」と叫びながら玄関の前に手で穴を掘っている。

狼狽《うろた》えた村岡さんの視線が、母親の姿を捉えた。

彼女は玄関の扉の隙間から顔を覗かせており、その夫を見る眼差しは異様なほど冷ややかであった。

やがて疲れ果てた父親は肩で息をしながら屋内に戻ると、そのまま寝入ってしまった。

村岡さんは半べそを掻きながら玄関先の地面を元に戻し始めた。

父親の奇行も怖かったが、それよりも母親の眼差しがとにかく恐ろしかったらしい。


「それから間もなくだったなあ」

村岡さんの父親は、自宅の裏山で変わり果てた姿で発見された。

大木に縄を懸けた自縊《じい》であったと聞く。

村岡さんの悲しみと落胆は相当なものであったが、母親は意外にも至極冷静だったことを彼は記憶している。

しめやかに執り行われた葬式の際には、近所の方々や父親の戦友達も出席してくれた。

しかし葬式が終わった途端、彼らへの対応は以前同様冷たいものへと戻っていった。

父親の死を切っ掛けに、村岡さん一家は故郷を離れて上京することにした。

ここにいても辛いだけであったし、一生懸命生きていけばきっといいこともある。彼も母親もそう信じていたのである。

村岡さんは、現在都心の一戸建てで孫達に囲まれて幸せに暮らしている。

母親は大分前に亡くなっていたが、故郷を出てからは概ね幸せな一生であったとのこと。

彼は彼女が健在の頃、何度か訊いてみたことがある。

戦時中もしくは拘留中、父親は一体何をしたのか、と。

あの夜に目撃したことをはっきりと伝えて、彼らは何者なのであろうか、と。

しかし、彼の母親は悲しそうな表情をするのみで、それについてはとうとう一言も教えてくれなかった。

「今となっては、もうどうでもいいことですよ」

村岡さんは、興味がないような口調でそう言った。

もしかしたら彼の母親は何らかの事情を知っていたのかも分からないが、今を生きる彼にとっては過去の一つに過ぎないのかもしれない。

大阪城公園

「剛、何処行くんや？」

「大阪城ホールにライブ観に行くんやけど」

　由岐剛君は、祖父に声を掛けられてそう答えた。

　今日は女性ボーカルのグループのコンサートである。友人との待ち合わせまでにはまだ少し時間があった。

「そうか、気い付けてな」

「まだ時間あるし……爺ちゃんどうしたん？」

　祖父の顔に浮かんだ驚愕の表情を、剛君は見過ごさなかった。大阪城ホールに何かあるのか。

「ん、ああ。儂はよう近付けんのや。森ノ宮も京橋もあんまし近付きとうないんや」

「何かあったん」

「変な話やし、人に言うたらあかんで」

　そう前置きして、祖父は子供の頃の話を始めた。

太平洋戦争当時、大阪には大阪砲兵工廠というアジア最大の軍事工場があった。日本帝国陸軍の軍需工場である。

この工廠は終戦間近の昭和二〇年八月一四日の米軍による集中爆撃でその八割が破壊された。爆撃による工廠内での死者は三八二人だったとされる。

ただし延焼した周辺地域の住民などを含めると、被害はその何倍もの規模であった。

焼け跡は不発弾が多いとの理由から、廃墟や残骸もそのままに、二〇年もの間放置された。


「終戦してすぐやろ？　皆生活が苦しいさかい、工廠跡に忍び込んで鉄屑盗ってきては屑屋に売り飛ばしとったんや。そいでも、ぜんぜん悪いことやと思てへんかった。あん頃は皆生きるんで必死やったさかいな」

敷地は警官が見張っている為、白昼堂々の立ち入りや窃盗行為は不可能である。崩れた壁の隙間から、人目に付かないように入り込んでは略奪を働くのだ。

子供だった祖父も鉄屑拾いに忍び込んだが、その度に縄張り意識の強い大人に追い払われた。

ついこの前も大人同士の縄張り争いが乱闘騒ぎに発展し、警察官が何人も周辺をうろつき回っていた。

「そんで、夜中の暗うなった頃を見計らって敷地に入り込む訳や」

雑草の生い茂る敷地には、残骸や瓦礫が散乱し、足場も悪い。何処に不発弾があるかも分からない。だが生活には代えられない。

夜になる度に忍び込んでは、鉄屑を攫《さら》って帰る日々が続いた。


ある夜のこと、いつものように屑鉄を探しに敷地に忍び込んだ。

厚い雲に覆われた空には月の光もない。侵入するには絶好の機会だ。忍び込んですぐの場所には、もうめぼしいものがないのは分かっていた。そこで獲物を求めて敷地を奥へ奥へと入り込んでいった。

大人達も近付かない場所なのか、足場も他の場所と比べて悪い。ただ、大型の機械類が放置され、足下にも錆びた鉄屑が散乱していた。

手に持てるサイズのものを拾い集める。

ふと気付くと道を見失っていた。初めての場所で方向感覚が分からなくなったのだろう。

黒い雑草の影が風に揺れていた。

落ち着こう。ちょっと一服しよか。

そう思った途端に、草むらで影がもぞもぞと動いた。

先客か？

緊張が走った。縄張り意識の強い大人なら、間違いなく荒っぽいことをしてくるだろう。

仲間には鉄パイプで殴られて骨を折られた奴もいる。

その影はゆらりゆらりと上半身を歪に揺らしながら近付いてくる。

影は一体ではなかった。

いつの間に現れたのか、両手で数えきれないほどの人影が無言のまま近付いてくる。その中には片手で這いずるようにしている者もいた。

囲われた。逃げられない。

不意に雲間から現れた月の光に照らされて、その姿がはっきりと見えた。

国民服を着た男達だった。片手のない者もいれば、下半身のない人もいた。誰もが血まみれである。不意に音が戻ったかのように、うめき声が聞こえた。

ううう。

うぅぅぁ。

苦しみの声を喉から絞り上げながら、怪我をした男達はゆっくりゆっくりと近付いてくる。

下半身が温かくなり、すぐに冷たくなった。

失禁してしまったのだ。

「なぁ、ぼん、儂の足、何処行ったか知らんか」

「胴から下、なくなってしもうたんや。探してくれへんか」

「ぼん、探してくれひんか」

「探してくれ。な。慈悲やから」

「なぁ、ぼん」

「なぁ」

そこからどうやって逃げたかは覚えていない。

だが恐怖の余り泣きながら走ったこと、途中で何度も転んだことは覚えている——。

「そこが今の大阪城公園や。人で賑わっとるらしいけど、儂は怖ぁてよう近付けへん。あそこはおかしな話が一杯あるさかいな。くれぐれも気ぃ付けや」

祖父からの話を聞かされた剛君は、もうコンサートどころではなかったという。

多勢に無勢

宮本さんは終戦後間もなく、山に籠もった。

無事に戻ってきたものの、家族も家も自分の未来も全て失い、けれど死ぬ勇気もなく、いっそ山で暮らそうと思い立ったらしい。

瓦礫を拾ってきて掘っ建て小屋を作り、魚を釣り、山菜や野草を食べては暮らしていたという。

そんな世捨て人同然の暮らしの中で、たった一つだけ生き甲斐を見つけた。

呪いである。

切っ掛けは、掘っ建て小屋から少し歩いた場所にある古びた神社だ。

その裏手に、無数の釘を打ち付けた木があった。

何体か形を残した藁人形と、木の根元に散らばった藁で、何が行われたか理解できた。

それを見た瞬間、今の自分を作った全てのことを呪ってやろうと思い立ったのだ。

とはいえ、藁はともかく釘が手に入らない。

道具がなければ、木に打ち付けてある釘を引き抜くのも不可能だ。

ならばいっそ、護摩壇でも作って加持祈祷してみようと適当に石を組み、落ちていた藁を種にして火を熾《おこ》した。

当然ながら祈祷の文句など分かる筈もない。

心を占める恨み事を延々と言葉に変えていった。

最初の攻撃目標は、新兵時代に散々いたぶってくれた上岡という上等兵だ。

昼夜を問わず熱心に続けたある日、上岡が苦しむ姿が炎の中に浮かんで消えた。

「ああ、今死んだな」

相手が死んだことが唐突に分かった。

叩き続けていた壁が突然なくなったような感触を受けたのだ。

それは何とも言えない快感であった。

だが、本当に自分の祈りが通じたかどうか、確かめる術がない。

ふと思いつき、上岡さんは麓《ふもと》の村人を狙うことにした。

目標は、こっちを見た途端、怒声を浴びせかけてきた男。

始めて二週間目、上岡のときと同じ感触が得られた。

逸る気持ちを抑えきれずに麓に下りると、男の家は慌ただしく人が出入りしていた。

中からは、泣き声が聞こえてくる。

さりげなく様子を窺っていると、野次馬同士の会話が耳に入った。

「まだお若いのにね」

「いきなり倒れて、それっきりらしいよ」

上岡さんは、胸の中で小躍りしながら山に戻った。

人を殺した後悔など微塵もなかった。

何の罪もない村人を殺めることなど、戦地で散々やってきたからだ。


次の目標は真田上等兵、こいつも酷い奴だった。

恨み事なら山ほどある。

延々と呪い続けているうち、同じように炎の中に姿が浮かび、相手が死んだ感触も得た。

そうやって数を増すごとに要領が掴めてくる。

宮本さん曰く、思い浮かべた相手に、強く固めた恨み言をぶつけるらしい。

「多分だけど、藁人形を火種にしたのも良かったんだろうな」

その藁も残り少なくなってきた。

次は誰にしようと思案した挙げ句、宮本さんは自分を戦争に追いやった原因となった人間を最終目標に掲げた。

考えれば考えるほど、尊いあの御仁が全ての不幸の原因に思えてならない。

やるしかない。

死ぬしかなかった仲間達の為に。

そう思い詰めた宮本さんは、今まで以上に強く激しく、呪いの念を送った。


が、その試みは三日と保たなかった。

「無理ですね。呪いをぶつけようとしたんですが、とんでもない数の人間に護られている。しかも、私と違ってその全員が本職。勝てるわきゃない」

四日目の夜、純白の衣装に身を固めた本職達が、宮本さんの夢枕に立った。

「もう止めておけ、宮本」

名前で呼ばれたという。

一喝

安藤さんは現在、有料老人ホームに勤務している介護士だ。

彼女がまだ新人だった頃に体験した話を教えてくれた。


当時、彼女が勤務していた老人ホームには中谷さんというお婆さんがいた。

礼儀正しく温厚な人だったという。

中谷さんは自分の入居している個室から出る際、必ずキャビネット上に並べて飾ってある三枚の写真に、「行ってきますね」とお辞儀をする。

左側は子供と孫達、右側は友人達、そして真ん中は戦死した中谷さんの旦那さんの写真だった。

白黒写真に写っている中谷さんの旦那さんは、軍帽と軍服を身に纏い、軍刀を正面に立ててキリリとした表情で椅子に座っていた。

「旦那さん、いつもかっこいいですね」

中谷さんを部屋から連れ出すとき安藤さんがそう言うと、彼女はとても嬉しそうに、にっこりと微笑む。

一緒に過ごした時間は少なかったが、中谷さんの自慢の夫だったのだ。

ある朝、いつものように安藤さんが中谷さんの手を引き、食堂へ行く為に部屋から出ようとしたときのことだった。

中谷さんが写真にお辞儀をしているとき、安藤さんは旦那さんの写真に違和感を覚えた。

よく見ると旦那さんの顔がいつもの顔とは違う。

身に着けている軍服や体格などは元々写っていた旦那さんと変わらないが、顔だけが旦那さんよりもずっと若い男の顔になっていたのだ。

それは、恐らく二十歳にもならない少年の顔で、写真の中からこちらを馬鹿にするかのような薄ら笑いを浮かべていた。

安藤さんはその笑みを一目見ただけで、何故か身体が震えるほどの寒気を感じた。

「中谷さん、旦那さんの写真、変えました?」

安藤さんは小声で訊いたが、耳の遠い中谷さんには聞こえていないようだった。

中谷さんは写真の変化に気付かないまま、いつものように丁寧にお辞儀をしている。

朝食に遅れる訳にはいかないので、気味が悪いと思いながらも安藤さんはそのまま中谷さんの手を引いて部屋を出た。

そして朝食後、安藤さんと中谷さんが部屋に戻ってくると、写真は元に戻っていた。

「絶対に旦那さんとは違う顔だったのに……」

安藤さんは不思議に思ったが、すぐに次の仕事に向かわなくてはいけなかったので、そのことについて、いつまでも考えている暇はなかった。


数日後、安藤さんが夜勤をしているときのことだった。

彼女は中谷さんの部屋がある階を担当していた。

深夜一時過ぎ、入居している高齢者達は全員寝静まり、安藤さんは介護ステーションで先輩介護士と小休止を取っていた。

二人がおしゃべりに夢中になっていると、携帯型端末からナースコールが鳴った。

端末の液晶画面を見ると、中谷さんの部屋番号が点滅している。

「あら、珍しい」

安藤さんも先輩介護士が少し驚いた。

中谷さんは普段から寝付きが良かったので、夜中にナースコールを鳴らしてくることは滅多になかったからだ。

「ちょっと行ってきます」

安藤さんは小走りで廊下を急ぎ、中谷さんの部屋に向かった。

「こんばんは、中谷さん、いかがなされました?」

安藤さんは部屋の引き戸を開けて、ベッド上の中谷さんに話しかけた。

しかし、中谷さんはいつものように穏やかな顔で小さな寝息を立てていた。

ナースコールのボタン装置はベッドの下に落ちていたので、安藤さんは中谷さんが寝惚けた際にボタンを押し、そのままベッド下に投げてしまったのだと思った。

「何もなくて良かった。報告書に書くこと増えたけど……」

安藤さんは部屋を後にして介護ステーションに向かおうとした際、後ろから強い気配を感じ、思わず立ち止まった。

振り向くと中谷さんの部屋の引き戸が少し開き、中から誰かが顔を出していた。

薄暗い中、こちらを覗いている顔を見て安藤さんは硬直した。

数日前、写真の中で中谷さんの旦那さんの顔と入れ替わっていた少年だった。

少年の顔は異様に真っ白で、薄暗い廊下の中でもはっきりと見ることができた。

軍帽を被っていない頭は坊主頭で、大きな両目がやたらと輝いている。

少年は安藤さんに微笑みかけ、今度は真っ白な手を出して彼女に手招きをした。

安藤さんは恐ろしくて声も出せず、そのまま介護ステーションまで走って逃げた。

介護ステーションに戻った安藤さんが少年のことを報告しようとすると、ナースコールの携帯型端末を見ている先輩がしきりに首を傾げていた。

「今の中谷さんからのナースコールの履歴が幾ら探してもないのよ。こんなこと初めて……報告書になんて書こうかしら」

それを聞いて安藤さんは震えあがり、少年のことを話す気力を失った。


それから暫く安藤さんは、また何処かであの色白な少年に出くわさないかと怯えながら仕事をしていた。

だが、幸いなことに中谷さんの写真にも夜勤のときにも、少年が彼女の前に現れることはなかった。

三カ月程が経ち、安藤さんが少年のことを忘れかけたときのことだった。

彼女は職場の大広間で、夏に行った老人ホームの納涼会の写真を大きな台紙に貼る作業をしていた。

楽しい思い出としてホームの壁に飾る為だ。

写真の中には、中谷さんがカキ氷を食べている写真があった。

それを台紙に貼ったとき、安藤さんは声を上げた。
嬉しそうにかき氷を食べる中谷さんの右後ろに、あの少年の顔が写りこんでいた。
台紙に貼る前には少年の顔など絶対に写ってはいなかった。
少年は最初のときと同じように写真の中で微笑んでいる。
安藤さんは写真を剥がして捨ててしまおうとした。
簡単に剥がせる両面テープを使っていたから、すぐに剥がせる筈だった。
しかし、写真は糊で貼り付けたようにべったりと台紙にくっ付いてしまっている。
「何なのよ、コイツは……」
写真の中の少年の顔は、微笑みではなく嘲笑するかのように歪んでいた。
安藤さんは怖さと悔しさで涙が溢れてきた。
そのとき、近くの車椅子に座っていた高梨さんというお爺さんが急に立ち上がった。
そして安藤さんの横にツカツカとしっかりした足取りで歩いてくると、
「小僧、いい加減にせんか!!」と写真に向かって一喝した。
声はホール中に響き渡るほどだった。
その途端、少年は怯えたように目を見開いて、写真の中からサッと消えた。
だが安藤さんは少年が消えたことよりも、高梨さんの行動のほうに驚いていた。

高梨さんは両膝が酷く変形していて、かなり前から自力で歩くことはできない。

更に強い認知症の為、いつも車椅子の上で目をずっと閉じているだけで、物をはっきりと言うこともままならなかったからだ。

高梨さんは再び歩いて車椅子に座ると、そのまままいつものように目を閉じてしまった。

念のために安藤さんは高梨さんに話しかけてみたが、答えは返ってこなかった。

それからは、安藤さんの前に少年が姿を見せることはなくなった。

勿論、高梨さんが立ち上がって言葉を発することも。

昔、高梨さんが軍隊の中でもかなり上位の階級だったことを安藤さんが知ったのは、それから随分後のことである。

あの日のこと

米持さんは現在四十代である。

昔の彼は所謂〈お祖父さん子〉だった。

お祖父さんは母方の祖父で、釣りと焼酎、笑い話が好きな九州人だ。

熊本訛りに九州南部の方言が混じった、独特の言葉を話す。元来熊本県人であったが、方々へ移り住んだ結果であった。

米持さんが物心付いた頃、お祖父さんは七十を優に越えていた。そもそも米持さんの母親はお祖父さんが再婚後にもうけた娘なのだ。当然だろう。

このお祖父さんに色々な所へ連れていかれては、自然のことや野外での遊びについて教えてもらった。と言っても祖父は割と厳しい人である。偶《たま》に叱られることもある。

ただそれは彼が間違ったことをしたり、人間として思いやりがないことをやったときに叱責が飛んできたということに過ぎない。

義気を重んじ、弱きを助け強きを挫《くじ》くを地で行くような人であった。

そんな人間だったからか周囲の人にも一目置かれており、誰彼となく相談に来ていた。

米持さんの自慢のお祖父さんだった。

そんな彼も寄る年波には勝てなかったのだろう。

晩年は僅かな酒量で酔っ払うようになっていた。

一升瓶を空けるほどだった全盛期とは打って変わって、コップ酒半分ほどで良い気分になる。そんなとき、色々な話をしてくれた。面白くて笑ってしまう話は勿論、怖い話や不思議な話などが多く混じる。

中学生になる少し前だったとはいえ、わくわくしながら耳を傾けたものだ。

しかし、ある頃から戦争があった時代のことをぽつりぽつり漏らすようになった。

そこで色々なことを初めて知った。

以下は米持さんがノートに箇条書きで書き留めていた内容や記憶、調べた内容、また、お祖父さんの遺品にあった帳面等から判明した事柄を纏めたものである。

◆

大戦末期、戦局の悪化と同時に壮年だろうが丙種だろうが、ともかく戦えるような人間は戦地に送られることになった。

お祖父さんも若くない歳であったが、召集令状を受け取った。

丁度、後妻を娶《めと》った後だ。

が、国を護る為、家族を護る為に意気込んで徴兵検査に臨んだのである。健康状態も良く、力も漲《みなぎ》っている。当時としては身長も高いほうであったから、確かな自信があった。

しかし結果は不合格。

肺と足に欠陥があり、前線に出ることは無理であろうと判断されたからだ。

そのような事実はなく、何度も食い下がったが願いは聞き届けられなかった。

自宅へ戻る気持ちにもならず、遠くにある駅舎を見下ろす丘の上でぼんやり座り込んだ。

(俺はこげん強い身体やっとに、どうしてやっとよ?)

余りの不甲斐なさに涙を堪える。

もしこの事実を持って地元へ帰れば、非国民と蔑まされることだろう。

そうなった場合、家の者にも申し訳が立たない。

「……もしもし」

不意打ちのように背後から声を掛けられた。張りのある男性の声だった。

振り返ると一人の僧侶が立っている。

笠に錫杖《しゃくじょう》、全身旅装であり、汚れ具合から俗に言う旅の雲水《うんすい》だろうことが見て取れた。

無礼と知りつつ座ったまま会釈すると、彼は隣にしゃがみ込んだ。

「貴方は、どうも神仏……いや、仏に護られているようだ」

突然そんなことを言われても困るだけだ。

どう切り返せばよいか言葉を選んでいる間も、雲水は話し続ける。

「だから、兵隊にはいけないのでしょう」

驚いた。何もそんなことを口にしていない。それなのに雲水には分かっているようだ。

舌を巻いているこちらを見て、彼はにっこり微笑んだ。

曰く、貴方はこれからも沢山の子宝に恵まれる。

この先の日本にはそういった新しい命が必要になるから、兵隊には行けないように仏がして下さっているのだ。もし戦地へ赴けば、貴方は死ぬことになる。そうなれば生まれてくる命がなくなるのと同じだから、と。

「この先、兵隊へ行かないことで人から責められることもありましょう。しかしそれに耐えて下さい。きっと良いこともあるから」

立ち上がりながら雲水はもう一つ助言をくれた。

〈男〉という漢字と〈法〉という漢字は、子供の名前に使ってはなりませんよ――。

何故かというこちらの問いに雲水は答えた。

「きっと、親よりも先に死んだり、病気になったりして不幸になります」

立ち去る背中を見ながら、お祖父さんはあることを考えていた。

当時、彼には前妻との間に子供があった。

既に兵隊に取られた、我が息子達。

二人の名は「昭男」と「和男」であった。

果たして、この息子達は戦地で命を落とした。まだ十代であった。

後にお祖父さんは後妻との間に、九人の子宝に恵まれる。

男五人、女四人であった。

ただ、次女の名前は「法子」になってしまった。

これは近くのお寺の御住職に付けてもらった。勿論過去にこんなことがあって、と話したのだが御住職は首を捻る。

「どげんしてん、この子は法子じゃないといかんように見えるのやが」

漢字を変えても駄目だと言われる。そして過去に出会った雲水のことにも疑問符を投げかけるようなことを言い始めた。頼んだ手前、渋々了承せざるを得なかった。

この法子という人物は若い頃結婚で苦労し、後に癌を患った。親よりも長生きだけはしたが、不幸の連続であったという。

◆

戦争末期、お祖父さんは肩身の狭い思いをしたという。

「他の男衆《おとこし》は国ン為に戦っちょるっちゅうに」

「あれぞ非国民よ」

徴兵検査から戻ってきたときから、このように悪し様に罵られた。

歯に衣着せぬ言われようと後ろ指を指されながら生きることは、非常に耐え難いものだった。しかし家族も同罪だという扱いであることを考えれば、我慢するほかない。

が、勿論それだけではない。中には、

「命びろいをしたから、よか」

「(検査のおかしな落ち方も)何か意味があるんやが。生きろちゅうことやないか」

などと、慰めてくれる人も少なからずいた。

あの雲水のことを話した人も数名おり、その度に「その通りかもしれない」と理解を示してくれる場合もあった。

しかし、やはり大手を振って暮らせるほど甘くはない。

できるだけ人とは関わらないようにして生きるしかなかった。勿論困ったことも多くなったが、まずは家族を食べさせなくてはならないから、それだけを頑張った。

自分の持っていた金目の物を妻に命じ食べ物に換えさせ、山の中に隠し畑を作った。

まず食べること、生きることが大事だった。


この頃、戦局の悪化が次第に噂されるようになった。

勿論新聞など大本営発表では誤魔化されている。だが、世の中の動きを肌で感じていた国民の中にはそこに虚偽報道であることを敏感に感じ取るものもいたのだろう。

「日本は負ける」

大きな声では言えないまでも、人々の間で囁《ささや》かれ始めたのだった。

お祖父さんの周りでも日本は負けるのではないかと暗い顔をする人が多かった。

そして、暑い夏の日だった。

何か大事なことをラジオで言うらしい、集まれる者は皆ラジオがあるところへ集まれと声が掛かった。

お祖父さんも近くの家を訪ねていった。

あの放送がラジオから流れる。

とは言っても、音質は悪く、割れた音では何を言っているのか分からない。耳を傾けていた連中も首を傾げている。

断片的な言葉だけが聞き取れたような気がしたが、それも正しいか分からない。

中の数人が内容を理解したのか、はらはらと涙を流して力なく座り込んだ。

畳の上に蹲《うずくま》り、大きな声で泣き喚いている男もいた。

そこで（嗚呼、日本は負けたんだな）、そういう風に理解できた。

ぼんやりしながら、自宅への道を歩いた。

どうしてなのか何も感じない。いや、何処か現実味がなかった。

日本が負けた、負けたのか、頭の中で繰り返すのだが、どうしても納得できていない。

家に戻り、畑仕事に精を出した。しかし集中できない。

早々に片付け、少し回り道をしてから川へ道具を洗いに下った。

瀬に泥を流していると、何処からか視線を感じる。

腰を伸ばし、対岸を眺めた。

我が目を疑った。

戦地に行っている筈の息子二人がこちらを見つめている。

戦闘服でも何でもない、白い開襟シャツに黒いズボンと素足に下駄を履いている。

(足はある。ということは死んだ者やなか)

無事だったのか。いや、何故ここにいるのか。

慌てて川を渡ろうとしたとき、長男が手でこちらを制した。

二人とも悲しい笑顔だった。

同じような動きで大きく手を振る。ゆっくり、林の中へ吸い込まれるように消えていく。

待て。叫ぶ。しかし息子達の姿は薄れていく。

その表情は、名残惜しさと何処か達観したような晴れ晴れしさが綯《な》い交ぜになっていた。

親の言うことが聞けないのか、その言葉に微かに首を振って、彼らは完全に姿を隠した。

そこで初めて、息子達が死んだこと、そして日本の負けたことを自覚できた。

長い時間掛け、漸く落ち着きを取り戻し、家路を歩いた。

真っ赤な夕焼け空だったことを、未だに覚えている。

それから復員兵が日本へ戻ってくるようになった。

そして息子達と同じ隊にいた青年達から、僅かな遺品を受け取った。

汚れた戦闘服の切れ端と、滲んで何が書いてあるか分からなくなった紙片であった。

◆

戦争が終わったこと。そして息子二人が勇敢に戦い死んだことを受け、街の人たちはすっかり態度を変えた。以前と同じように、お祖父さんと付き合いをし始めたのだ。

理不尽であるが、そこで目くじらを立てても仕方がない。それに一々そのようなことで人を恨むのはとても厭なことだった。

そんな時期、街では困った事件が多発していた。

復員兵、そして米兵による犯罪行為だった。

米兵には逆らうなという話もあったから、とにかく身を潜めてやり過ごすしかない。

このせいなのかどうかは知らないが、人々の間では米国人に攫われるという噂が乱れ飛んでいた。

だが、復員兵のほうが質が悪いという話もあった。

戦場の出来事からか、社会復帰できない者がいた。中には山へ入り、野人になってしまった人間もいるとまことしやかに囁かれた。確かに山中で〈らしい姿〉を見たという目撃譚も耳にする。偶に山を下りてきて、畑などを荒らす場面に出くわした農家や、干した衣類を盗まれた家もあった。

それとは別に、婦女子を襲う、金品や食料を暴力で奪っていく復員兵も存在していた。

いや、それが本当に復員兵だったのか分からない。もしかしたら戦争から帰ってきた日本人を騙っていただけの外国人だった可能性がある。

というのも、入ってくる情報がおかしかったからだ。

汚い格好で、足にゲートルを巻き、伸び放題の髭を生やしている。目だけが爛々《らんらん》と光り、何処か獣のようだ。そして余り声を発さない。身振り手振りで何かを要求してくる。伝わらないとすぐに苛立ち、叫び声を上げて襲いかかってくる——らしい。

事実、お祖父さん達が住む土地にもアジア系外国人が入ってきていた。

戦時中、何処かから渡ってきた連中が各地に散っていったのだろう。

勿論悪い人ばかりではなく、良い人も多かった。

食べるに困っている日本人に食料を分けてくれたり、色々世話を焼いたりもしてくれた。

自分達ができることを、それぞれが助け合えばよいという人道的なものだったのである。

ただ、やはりそうではない者もいた。

実際、被害にあった人々も多い。中には若い娘さんもおり、流石に隠していたのだが噂はすぐに広まった。それが原因で自ら死を選んだものもいたほどだ。戦争でも死なず命を拾った筈なのに、こういうことで儚《はかな》く命を散らすことは理不尽でしかない。

お祖父さんも家族や知人、友人を護らなくてはならないと心に決めていた。

妻は仕事で外を歩くことがあった上、子供達はまだ小さい。その上、知人、友人の中には戦争に取られたせいで男手がない家もある。

対抗策を考える必要があった。

実は、家に数本の刀剣と猟銃を確保している。

違法であることは理解している（供出には応じなかったし、もし出したら出したで大問題になることは目に見えていたので、黙っていたのだ）。

だが、何があるか分からない時代だ。自衛の為にも武器は必要だった。

（もし、何かあればこれで戦うほかなか）

剣道や柔道も少し囓《かじ》ってはいたが、それだけでは不安が残る。

多勢に無勢という状態になれば、武器に頼るしかないだろうことは確実だった。屋根裏から武器を持ち出し、こっそり手入れを行い、押し入れへ仕舞っておいた。間違って子供達が触らないように隠すようにしたことは言うまでもない。

ある日の夕暮れ時、仕事からの帰り道だった。

微かな悲鳴が耳に届いた。

若い女性のものに違いない。近くにある藪の中からだ。

助けなくてはならない。中へ入り、声のするほうへ進む。武器になりそうな物はない。

腰に下げた手拭いを拳に硬く巻く。叩きのめす為の準備だった。

声は大きくなっていく。怒声を発しながら飛び込んだ。

「……何だ？」

誰もいなかった。そして何一つ聞こえなくなっている。

少しだけ開けた地面の上には枯葉が広がっていた。いや、何となく寝床を設えているようにも感じられた。明らかに動物か人間が意図的に作った物だ。

近くには大振りの枝や木の実などが散乱している。

また悲鳴が轟《とどろ》いた。

近い。上からだ。

咄嗟に見上げる。

すぐ傍にある梢の上に、猿がいた。

手を伸ばしたまま飛び上がったら届きそうだ。差し込む夕日に照らされて、赤い顔が余計に朱に染まっている。

その手に何かを持っていた。

大きな鳥だった。

猿は左右の翼の端を掴んでいる。鳥は背中をこちら側に向けているのだが、いまいち種類が分からない。山の鳥はある程度見分けが付くと思っていたが、初めて見るような気もする。強いて言えば鳶のようにも感じられるが、やはりはっきりしなかった。

猿が腕を左右に広げる。翼が引っ張られ、鳥は叫び声を上げた。

あの悲鳴そっくりだった。

猿の表情は笑みを浮かべているように見える。

猿は翼を引くことを繰り返した。鳥が叫ぶ。猿は笑いを浮かべる。それは猿の嗜虐心《しぎゃくしん》を満たしているかのように感じられた。

お祖父さんにはそれが赦し難いことに思えてならなかった。止めさせなくてはと手拭いを伸ばし、大きく振りながら怒鳴りつける。

その瞬間、鳥の首がこちらに向けて、ぐるんと倒れてきた。

鳥の頭ではなかった。

手鞠ほどの大きさの、丸い物が先端にある。

嘴《くちばし》や目のようなものは欠片もない。表面は薄茶色い、短い羽毛で包まれている。しかし、それだけだ。ただ球状の何かがぶらぶらとぶら下がっているとしか言えない。

これでは声が出る筈もない。しかし鳥から女性の悲鳴のような鳴き声が延々と発されている。奇形種だというには無理があった。

（叩き落として、正体ば探ってやろう）

お祖父さんは落ちていた石を拾い、それが手拭いの端に来るように縛り、包み込んだ。振り回す為の武器にしたのだ。

山で猿は殺してはならないと聞いたことがあった。だから、できるだけ奇形種の鳥のみを狙い、手拭いを振り回した。

こちらの思惑を察したのだろうか。片手に鳥を掴んだまま、猿はするすると幹を昇っていく。そのまま枝を飛び移りながら山の奥へ消えていった。器用な身のこなしであった。

どうしようもなくなり藪から出てきたとき、ふと考えた。

（捕まえなくて良かったンかも知らん）

ああいったモノを捕まえ、ただで済む筈はない。

きっと自分か家族に何か災いが降りかかるだろう。

逃げてくれて助かった、ほっと胸を撫で下ろした。


その後、知り合いの林業を営む男性や猟師にこの話を聞かせた。

「そういうものは見たことがないけんが、他の変なモノはいたことばあっど」

「山で女の叫び声ばして、そっちに行ったら崖っぷちから落ちかけて死ンとこやった」

「小屋がけして一晩過ごしちょっと、女の声が周りをぐるぐる回ったことがあっとよ。何かいち思ち、外に出たけれど、何もおらんがった」

「山の中で若い女がおったから声でン掛けようとしたら、目の前で消えた」

など、様々な証言を得ることができた。

が、やはり、あの鳥と猿の正体は分からず仕舞いだった。

◆

藪の中から女性の悲鳴を聞いた後も、犯罪は止まなかった。

この頃になると、犯人が復員兵だけではないことがかなり知れ渡っていた。

事実、お祖父さんや彼の知人が犯罪の現場を目撃し、助けに割って入ったところ相手が外国訛りの日本語であったことが少なくとも数回あった。

そのような連中は御丁寧にも軍帽姿で足にゲートルを巻き、復員兵風を演じることを忘れていなかった。

自衛するほかなく、価値のある物は様々な方法で隠さなくてはならなかった。大陸からの引き揚げ組から聞いた「若い女性は目立たないように髪の毛を切ったり、男装したりせねばならなかった。特に器量の良い女性は狙われやすかった」という話を思い出す。そこまではしなかったものの、できるだけ注意を喚起するのが常であった。

戦後の事件で、連続婦女殺人を犯した人物がいることを後に知った。闇米を交換できる場所があると女性達を誘い出し、襲ったのだ。勿論米などと交換する予定だった物品も盗む。そんな最悪の手口だ。

田舎で田畑を持っている家ならそれなりに喰えた時代であったが、それ以外は生きる為に食料を得る必要があった。大枚を叩き、高価な物と取り替えてでも、だ。

喰わなければ死ぬ。まさに死活問題だった。

ある月の綺麗な夜だった。

お祖父さんが野良仕事帰りに近隣の寄り合いに参加した。そこから帰ってくる折、いつもと違う道を選んだ。

少し散歩をして帰ろうと思ったからだ。家に戻れば幼い子供達がいる。既に眠っている時間だろうが、物音がすると起きるだろう。眠りが深くなった辺りを見計らって家に着きたいと考えていた。

適当に選んだ道は普段さほど歩かない。偶に使うくらいだ。しかし、今日はここをどうしても通りたかった。理由は自分でも分からない。

月明かりで道は割合明るかった。懐中電灯や提灯の類は持っていないのでありがたい。それぞれが高額であったし、中に入れる電池や蝋燭《ろうそく》を買う余裕がなかった時代だった。

蒼い光の中、のんびりした足取りで進む。

（……なんよ？）

微かに何かの気配を感じた。立ち止まり、周囲を見渡す。

腰に下げた作業用の山刀を手で押さえ、耳を澄ました。

右手には土手があり、下は細い川が流れている。

左手には荒れた畑が広がり、その奥には杉林が影を作っていた。

瀬の流れ、風で擦れる枝。それらの音に混じり、左のほうから何か不自然な物音が聞こえる。例えば、人と人が揉み合うような気配である。

ただ、悲鳴や怒声の類はない。

杉林の根元に目を凝らすと、何かが蠢いていた。

そこで初めて悲鳴が轟いた。女性の「止めて、厭だ、助けて」という声だ。

畑を駆け抜けながら、大声で怒鳴りつける。

「止めンかッ、コン野郎！」

林の中へ飛び込むと、少女が男に組み伏せられているところだった。

勢い付けてそいつの肩口を踏み付けるようにして蹴った。

相手は転がりながら何事かを怒鳴る。いつかと同じく、日本語ではなかった。

木々の間から漏れる幽《かそ》けき月の光が男の顔を照らす。

いつの間にか、男の手には鎌が握られている。

これで女学生を脅したのだろうか。

怒りが込み上げる。

山刀を抜き払い、正眼に構えた。

「さあ、斬れるもんやったら、斬ってみよ！」

怒号を上げる。

相手はその場で鎌を何度か振るうと、何事か捨て台詞を吐いて林から逃げ出していった。

泣いている少女を抱え起こし、慰めた。

どうしてなのか、寝間着姿である。

汚れや擦り傷などがあるようだが他は無事であった。もしお祖父さんが通るタイミングが遅ければ、いや、ここを歩こうと思わなければ、最悪の結果になっていたであろうことは明白であった。

（あいつは隣町における、穴掘り人夫の木村ナンタラやったな）

相手の正体を思い出す。

悪い話の多い人物だった。

周囲の人夫仲間達と徒党を組み、盗みから暴力まで行う。ただし、本人はかなり下のほうの権力しか持たない。上の連中に媚びへつらって利益の上前をはねる程度の小物だ。

（次見かけたら、きっちぃ脅し付けておかんといかんやろ）

大人数で来られて報復されても困る。先手を打っておく必要があった。

そういうことを考えながら、お祖父さんは少女を促す。

「家まで送るが。何処ン子や」

〇〇の、田川だと言う。

ああ、あの田川の家かと合点がいった。少し遠かったが、無事に送ることができた。

相手の母が何事か訊ねたい顔をしていたので、そっと耳打ちをしておいた。娘さんは大丈夫です、疵物《きずもの》にはされていません、と。

何故あのような時間に外にいたのかと言えば、どうも夜中小用を足しに外便所へ出たところを刃物で脅され、半ば攫われた状態であった。

木村は以前から田川の娘に目を付けていたのかもしれない。

両親からのお礼を辞退して、お祖父さんは再び帰路に就く。

月の位置からして、結構時間が経っていることが分かった。

少し近道をしようと、小山と小山の間を抜ける道へ入る。

その丁度中頃に差し掛かったとき、スッと周囲が暗くなった。

月が雲に隠れたのかと見上げるが、月は変わらずそこにある。

視線を戻すと道の向こうから誰かが歩いてくるのが目に入った。

暗さのせいか、男女の違いすら判断できない。

ふと、木村某の仕返しではないかと身構える。

「何処の誰か？」

相手は何も言わない。繰り返し訊ねた。

「何処の誰か？」

相手は黙ってこちらへ向け、歩いてくる。

顔が分かる距離、畳一畳分ほどの間合いまで来ると、初めて相手が名乗った。

――○○の田川。

さっき送ってきた家だ。ではこの人物は誰なのだ。

もう一度顔を見つめる。少しだけ舌を巻いた。

田川家の長男だ。

戦地から戻ってきたのはいいが、心を病んでおり、おかしな行動ばかり取っていた。

そして、ある日ぷいと姿を消した。

発見されたのは山の中である。

彼は枝に紐を懸け、自死していた。数カ月前のことだ。

――今日は妹をありがとう。

田川の長男はそれだけ言い、深く一度だけ頭を下げるとそのまままくるりと踵《きびす》を返した。

そして少しだけ来た道を戻り、姿を消した。

ふと思い出す。

この道を挟む小山の片方で、田川の長男は死んだのだった。

(だから、俺は今日、あの道を通りたくなったっか)

多分、兄として妹を護りたかったのだ。しかし、もう生きた身体はない。ならば、誰かをそこへ向かわせようと考えたに違いない。

得心がいくと同時に、思わず田川兄が死んだという山の斜面に向かって手を合わせた。

(しかし、元に戻ったようでよかったわい)

さっき会った田川の長男は至極まともな表情に戻っていた。

戻ってきてからのものではなく、あの、戦地に赴く前の利発そうな青年の表情であった。

後日、田川の父母に報告をした。

彼は男泣きに泣き、母親はただただ長男の名前を繰り返し呼んだ。

◆

終戦後は、様々な犯罪が増えた時期でもあった。

混乱期ならではであるが、どうしても看過できない問題も存在した。愚連隊《ぐれんたい》の存在だ。奴らはどんな場所にも入り込み、土地を奪い、様々な権利を盗んだ。

また、徒党を組んで殺しに掛かってくる。価値観が全く違うのか、情け容赦はなかった。

それが後に悪徳土建業者や暴力団などの成立に連なっていく。


戦後の時代、お祖父さんはこういった連中とのいざこざに巻き込まれたことがあった。

金田という男を中心とした愚連隊が相手だ。

連中が友人の土地や家屋を狙ってきたことが原因である。

丁度晩秋のことで、青天の霹靂《へきれき》と言っていいほど突然のことだった。

多分向こうは前から目を付けていたことは間違いない。

警察へ相談したものの、気を付けると言うばかりだ。

いざというときの為、お祖父さんは例の刀剣の一部を友人に渡した。

彼も剣道の心得があったのだ。危険が迫ったら容赦なく刀を抜き、相手を殺す気概があるように振る舞えと助言を添える。

最悪、腕の一本くらい切り落とさないと奴らは引かないだろうことは予想できたが、そこまでした後の報復が頭痛の種だった。

実は、そういった集団と徹底抗戦をしたある一家が、一夜にして行方知れずとなったことがあった。証拠もなく、警察は夜逃げであろうと判断したらしい。

そして、大した事件とならず終わった。実際は家屋内部に血痕や争った跡が残っていたのにも関わらずだ。

時代が時代であったから、もみ消しは容易だったに違いない。

そしてその一家が持っていた家屋、土地、田畑は彼らが悉《ことごと》く奪い取った。

当時の警察が当てにならなかったことは、ここから窺い知ることができる。

対抗策は、連中が諦めるまで耐えるしかない。いざとなったら仲間達の力を結集し、全面抗争でねじ伏せるほかなかった。

寒さが増し、明日にも雪が降りそうな空だった。

「今晩から来てくれんか?」

薄暗くなり始めた時分、例の金田達と揉めていた友人がやってきて、頭を下げた。

連中が武器を用意し、夜半に乗じて彼の家を襲撃してくる、そんな噂が流れてきたのだ。

だから家の者を全員他の親族の家へ避難させ、腕に覚えのある仲間を集めているのだ。

「うむ。大丈夫だ。後で行くわい。警察はどげんしたか?」

「うんにゃ、アイツらはいつも通りじゃわい。あと上ンもんがおらんと、なんもできん、と。よく分からん理屈を言うばかりよ」

自分達しか頼る者はないのだと、立腹する友人を送り出す。

お祖父さんはありったけの武器を用意した。

中にはお祖父さんの父親から受け継いだ刀もある。

薄汚れた白鞘で、装飾はない。しかし刃《やいば》には僅かな刃こぼれも染みもない。一条の白い光のような刀身だ。未使用のようにも見えるが、実際に使われていた刀である。

ただ、米持家は武士の家系ではない。

元々違う土地に住んでおり、戦争が始まる少し前にこの土地へやって来た。

曰く「半分夜逃げ」であったらしいが、何があったのか米持君は知らないままだ。

だから何故刀剣類を持っていたのか、また、どういう祖先がいたのかも未確認である。

「これだけは俺が持たんと」

お祖父さんは例の父親から継いだ刀を白い布で包み、背中に縛り付けた。

他の武器は他の者に使わせる為、筵《むしろ》に包み脇に抱える。

夕方、早く陽が落ち暗くなった道を友人宅に向けて出発した。

家へ着くと、既に五人ほど集まっていた。適当に猟銃や刀を分配する。

友人宅は川の傍にあり、入ってこられる道は橋だけだ。後は余り浅くない川を渡り、急になった崖を登るか、木々が密集した足場の悪い斜面を降りてくるほかない。

「まあ、橋から来っとよ」

いざとなったらそこで迎え討とうと決め、それぞれ適当に座り込んだ。

金田達のことを話しながら僅かにあった焼酎を飲むが、なかなか酔わない。一部の仲間は気を揉む余り、何度も武器の確認を繰り返す。やはり命のやりとりになることだと誰しも自覚していたのだろう。

時間だけが過ぎ、夜更けとなった。

しかし、連中が来る気配がない。耳を澄ましたり、戸の隙間から外を覗いたりするが、物音一つ、人影一つなかった。

更に待っている最中、お祖父さんが左手に持つ刀が鳴った。

鞘の中で細かく振動し、微かな金属音を立てている。一度抜き払い、再び鞘へ戻す。

刀は黙り込んだ。

その途端、何処からともなく怒声のようなものと、何かぶつかり合うような音が聞こえた。それだけではなく、時折銃声のような音すら響き渡った。猟師が撃つ銃で聞き慣れているから間違えようがない。

「金田が来たっか!?」

全員気色ばんで外に飛び出す。

途端に騒ぎは収まったかのように静かになった。

息を殺して様子を窺うが、鳥の声一つ聞こえない。

「……なんやったっか、今ンは?」

全員首を捻る。そのまま外で周囲を警戒していたが、夜が明けるまで何もなかった。

その後、陽が昇りきった頃、押っ取り刀で警察がやってきた。

ただ、それだけで、何もせず帰っていった。


だが、その日を境にお祖父さんの友人と諍《いさか》いを起こした者達の姿が消えた。

何処か別の街へ行ったのかすら誰も知らない。

こういうことは繋がりのある人間か、そういった〈裏社会の事情に詳しい人物〉ならある程度情報を持っているのだが、今回は誰一人何も教えてくれなかった。

一つだけ確実なのは、お祖父さんの友人はこれから安心して暮らせると言うことだけだった。

後日、お祖父さんは少々馬鹿げたことを耳にした。

この辺りを回っていた行商人の男からだった。

「ずっと前、○○某の家に戦争を仕掛けた輩がおったいうやないですか」

○○某は友人の名前だ。

例の金田達についてだった。

あの夜、本当にお祖父さんの友人宅を襲撃しようとしたことは確かだったらしい。

が、それは失敗に終わった。

何故か。それは川や山、橋の下に隠れるようにいた伏兵にやられたという。

彼らは夜陰に目立たないような服を着て、手に銃や刀を持っていた。

短期間のうちに数人が追い込まれ、川に流された。一部は山の藪の中へ追い立てられ、崖から突き落とされ、姿を消した。

残った連中も手酷い傷を負い、障害が残る身体になってしまった。

傷が癒えぬ頃、彼らはとどめを刺されるかのように、周囲にいた別の集団から利権などを奪われ、そのまま何処かへ送られたようだ。

(そんな訳ないわい)

お祖父さん達はそのような伏兵を仕込んだ覚えはない。

また、陽が昇ってから周囲を調べたが、血痕と踏み荒らしたような跡だけは見つけたものの、死体などは一つもなかった。

血の跡は砂を被せ隠したのだが、一体何の物なのか分からず仕舞いだった。

しかしこの行商人の話で行けば、金田達だということになる。

「そいは、誰から聞いたとか？」

行商人は真顔で答えた。

「その生き残りの二人から。いなくなるチョット前や」

良いお客さんやったんやけどなぁと彼は少し冗談めかして笑ってから、ふと首を傾げた。

「そういえばやけどな。こんなんな、変なことも言っとったわ」

伏兵は神出鬼没だった。

あちらから撃ってきたかと思えば、突然真横から斬りつけてくる。

視界に入る人数はさほど多くなく、四人程度だろう。

それなのに、十数人いるような錯覚を起こすほど絶え間ない攻撃を繰り返してきた。

加えて、同士討ちが始まった。

伏兵からの攻撃を避け、武器を振るうと何故か隣にいる仲間に当たる。

そのようなつもりがなくとも、だ。

彼らはシャベルやツルハシ、鉈や大型の槌などの工事道具で武装していたのだが、当たれば大きな怪我を負う。

一撃を受けた仲間の中には、頭の一部が潰れ川に落ちていく者、突然狂ったように山の斜面をよじ登り始めたと思えば、崖から身を投じる馬鹿もいた。

残された数人は急に正気に戻り、我先に逃げ出したのだ。

「川や崖に姿を消した連中の行方は今も知れひんらしいで？　頭の金田っちゅう者も行方不明になったんやて。でもな。信じられへんやろ？　変な話やで。ただなぁ、その話してくれた奴も片眼が潰れておったたし、もう一人は足が変な風に曲がって、松葉杖やったわ」

行商人も上手い理由を見つけられないのか、話はここで終わった。

お祖父さんからすれば、彼らが待ち受けていたときに聞いた〈争いの音〉はごく短い。気付いてからすぐに外に飛び出し、確認したのだ。確実に誰もいなかった。戦い、そして撤収するとしてもこのような短時間では無理である筈だった。

（一体、どういうことやっちゃろか）

お祖父さんはあの日集まった仲間に話して聞かせた。誰もその伏兵の正体について一切心当たりはなかった。

ただ、もしかすると——と思うことはあった。

あの日、あの家に集まっていた人間は、殆どが身内に戦死者がいた。

また、お祖父さんが受け継いだ薄汚れた白鞘の刀が鳴ったことも気になる。

「もしかすると、彼らや刀が護ってくれたんやないか？」

そう結論付けることが妥当であろうと皆頷き合った。


後年、様々な場所へ慰霊碑が設置された。

お祖父さんが住む街の公園にも立派なものが建てられた。

自分は戦争には行っていない。

だが、この街から参戦し、命を散らした者がいる。石碑に彫り込まれた知っている名前の一つ一つを読みながら、心の中で手を合わせることが彼の晩年の習慣となった。

亡くなる少し前、晩秋に米持さんはお祖父さんが慰霊碑の所へ訪れるとき付き合ったことがある。横に並び、一緒に手を合わせた。

そのとき、急に周囲が賑やかになった。

人々がさんざめく気配だ。驚き、背後を振り返ると誰もいない。

色づいた木々が立ち並ぶ静かな公園内でしかなかった。

視線を石碑へ戻すと、お祖父さんがこちらを向かずに話しかける。

「ここは、寂しくないやろ……？」

言葉もなく頷くと、それを知ってか知らずか、言葉を連ねた。

「ぴちーっと拝まんといかんよ？　心からなぁ。そうしたら、いつか、お前も護ってくれることがあるやもしれんけんが」

地下道

「タ・チ・ソって知ってます？」

我部さんはそう言うと、こちらの答えも待たずに早口で続けた。

「高槻地下倉庫の略なんですけどね、地下トンネル基地のことですわ。朝鮮人労働者が多く投入されたことからも知られています」

我部さんはそこで一旦言葉を区切り、

「まだ発見されていない地下基地は全国にあるんです」

我部さんは強い口調でそう言った。

数年前の話である。北陸地方の大きな川沿いに、海にまで通じる地下道が発見された。発見したのは地元の中学生である。中学生のグループが崩落した天井から肝試しと称して入り込み、その後遊び場にしていた。しかし発見が教師に伝わると、危険だという点と、歴史的遺構の可能性から、県の教育委員会によって立ち入りが禁止された。

県の立ち入り調査の結果、その通路は戦時中に使われていたのものであり、恐らくは秘密裏に武器などを輸送する為のものであったのだろうと考えられている。

我部さんはその調査に当たっていた一人である。

あるとき、我部さんはその地下道に、井上さんという幽霊が視える女性を連れていった。

地下道に何かがいる、何かが出るという報告は、最初に地下道を発見した中学生を中心として複数寄せられていたが、どれも、ただ〈声が聞こえる〉という一点が共通していた。

そこで知り合いの井上さんに同行してもらったのである。井上さん本人も、幽霊と会話ができると主張していた。そして他の知人からも井上さんの能力には一目置くものがあると評判だった。

「この穴には、幽霊が凄く一杯いて、気分が悪くなってきたんですけど……」

井上さんはそう言うと、地下道から早く外に出たがった。

「申し訳ありませんが、もう少し具体的に何を話しているか聞き取ってもらえませんか」

我部さんは無理を承知で井上さんにそう依頼した。

幽霊が何を言っているかは霊感のない我部さんには聞き取れない。井上さんが聞こえると主張することを記録することしかできない。

そもそも県の予算を使って何をしているのか。そう言われても仕方のない行為である。

これは実験なのだ。

幽霊がいそうだというアタリが付けば、霊感のある人間は心当たりがある。この施設が何の為に掘られたのか、既に資料は失われている。

失われているならば、今その場にいる幽霊に聞き出せば良いのだ。

そういう理屈である。

「大声を上げています」

井上さんはそう言ったあと、表情を曇らせた。

「でも何て言っているかよく分かりません」

何人もの女性が大声で何かを伝えようとしているのは分かったが、その言葉が理解できないのだと井上さんは言った。

「普通は何て言っているか日本語で聞こえるんですよ。でもこの場所の方達の言葉は分からないんです」

その言葉に我部さんは直感した。

この近辺は朝鮮人街がある。

もしかしたら、戦時中に既に地下道が放棄されていて、地元の人たちの防空壕のように使われていたのではないかと思ったのだ。それならその中で亡くなった人が韓国語を話すこともあるのではないか。

近所に住む韓国語の通訳ができる人が呼ばれた。

「自分は何故こんな所にいるのか、って言ってますね」

幽霊の口真似をする井上さんの言葉を聞いて、通訳が言った。

「韓国語です。間違いありません」

井上さんは韓国語の勉強をしたことはない。口真似をした言葉は、本人には一切内容が分からないままだ。

通訳が井上さんの言葉を聞いた後で表情を変えた。

怒りにも似た感情だと読み取れた。

通訳は沈痛な顔のまま何も言わなかった。やがて意を決したように重い口を開いた。

「皆で掘ったトンネルに連れて来られた。その後で急に埋められて、ずっとここから出ることができないで困っている。何とかならないか、って言っています」

その言葉を聞いて、我部さん一同言葉を失った。

調査の後で、井上さんは酷く体調を崩してしまった。

今後も調査に協力をしてほしいと頼み込んだが、井上さんからはもう関わりたくないと、今後の同行を断られてしまった。

結論は宙に浮いたままだ。まだその地下道の調査は終わっていない。

痺れる記憶

ここ最近、長谷川さんは両手の痺れに悩まされていた。

痛みはなく、ほんの一瞬だけ動かなくなるのだ。五十代後半の男性ならば、あちこちに故障が生じても仕方ないとは思いつつ、どうにも気になって仕方がない。

脳神経の異常を疑い、専門の病院を訪ねたが、結果は健康そのものであった。

それを証明するかのように、痺れはいつの間にか消えていた。

再び痺れ始めたのは翌年の三月に入ってからだ。その感覚が去年のことを思い出させた。

そういえば、初めて違和感に気付いたのも三月だ。

あれは確か、祖父の義彦さんの葬儀を終えて間もなくだった。

棺が意外に重く、それが原因の痺れだろうと当初は思ったのだ。

去年と同じく、いつしか痺れは消え、日常生活を邪魔するものはなくなった。

三年目も同じである。

長谷川さんは、祖父の三回忌の席で何げなく話題にしてみた。

反応を示したのは大叔父である。

「それ、爺さんがよく言ってたな」

大叔父は声を潜め、一息に言った。

「初めて人を殺したときの感触らしいぞ」

途端に場が沸いた。

そうそう、よく言ってた。あたしも聞いたことある。酔っ払ったら必ず出たな。

皆がそれぞれに懐かしむ。

ところが長谷川さんだけは、何故か聞いた覚えがない。

「何だお前、知らないのか」

大叔父が皆を代表して語り始めた。


当時、義彦さんは中国大陸を延々と連れ回され、とある連隊の駐屯地で初年兵としての最終訓練を受けていたそうだ。

一般的な軍事教練の他に、一般の集落に夜間検問を掛けるなど、一人前の兵士として磨きを掛けられる毎日だったという。

「寝ている間だけが自分を取り戻せる唯一の時間なんだとさ。ところがな」

三月に入って間もない明け方、その平和な時間は非常呼集の号令に破られた。

あたふたと身支度を調え営庭に集合すると、男が一人連れられてきた。

男は立木に括りつけられ、大声で何やら必死に叫んでいる。

辛うじて、ヤメテと言ってるのが聞き取れた。

「銃剣って知ってるか。そう、鉄砲の先に剣を付けて突撃する奴。爺さんは、生身の人間相手にそれをやらされたんだと」

まともに突けた者は少なかった。

目を閉じて突撃する為、太腿や肩を刺してしまうのだ。

その中で、義彦さんは見事に心臓を貫いた。

「あんまり勢いよく突撃したからな、身体を通り越して木に突き刺さったんやと。両手がじんじん痺れて、銃剣を抜くのにえらい苦労したそうな」

それが三月の一日。

それから毎年、三月に入ると両手が痺れて動かなくなる。

「わしゃ、命令されてやっただけなんだがの」

義彦さんは、いつもそう愚痴っていたという。

「爺さん、可愛い孫のお前には聞かせたくなかったのかもな」

ならば何故、自分にだけその症状が出るのか。

憤慨した長谷川さんに向かって、親戚縁者は口を揃えて言った。

「あんたが爺さんに一番よく似ているからね」

何とも納得できない理由であったが、我慢するしかなかった。

病院でも接骨院でも何ともならないのだ。二～三日で消えるのが不幸中の幸いであった。

今年の三月も、例によって痺れが始まった。

電車の中である。

前の席には、中年女性の二人連れが賑やかに話し込んでいた。

慣れてはいるが拭えない違和感に顔を顰めていると、目の前に座っている二人連れがじっと見つめていた。

「あの……私の手に何か？」

何げなく長谷川さんは訊ねた。

二人は慌てて立ち上がり、隣の車両に移っていった。

ひそひそと交わす会話が聞こえたという。

「何よ、あの手。あれって血じゃないの？」

許されざる罪

「敵の戦闘機をな、そりゃあ沢山撃ち落としたんだぞ」

笹竹さんが物心付いたときから、幾度となく聞かされていた台詞だ。

彼の父親は、ヤニで黄ばんだ歯を覗かせつつ、さも自慢げに紫煙をくゆらせていた。

——笹竹さんの父親は大東亜戦争時、海軍に所属していた。

艦隊の乗組員であり、陸上への目標砲撃や、防空支援などの副次的任務が主であったと聞く。

二十六歳のときに終戦となり、その後二年間の捕虜生活を終え、日本へ帰還した。

結婚し、男児にも恵まれた。……それが現在の笹竹さんだ。

潔く散っていった仲間を散々見てきた所為か、戦後は〈生きる〉ことに対し、異常なまでの執念を抱いた。

闇市に通い、家族を養う為に多少危ない橋を渡ってでも金を稼ぐ。時にはガラの悪い輩と大立ち回りまでしたという。

その根底にあった〈戦後の混乱の中、どんなことをしても生き抜く〉という強い意志が笹竹さんを支えた。

父親は闇市が撤廃されると、自らの手で外人をターゲットにした商売を始めた。煙草、食品、雑誌など米人が好む物を置き、手元にない場合は取り寄せる。所謂〈何でも屋〉である。

終戦後、日本には米兵が数多く残っていた。

そこで、捕虜のときに自然と身についた少しばかりの英語の知識と、彼らがどのような嗜好を持ち合わせているのかといった経験を活かしたのだ。

予想は的中し、口伝えで来店してくる客が後を絶たない。

同じ日本人からの妬みや嫉み、更には陰で非国民と呼ばれていても気にも留めなかった。

……また敗戦となった日本を嘲笑う米兵もいたが、戦時中に比べれば何の苦にもならなかった。

生きるか死ぬかの瀬戸際にいたからこそ、余裕の構えができたといえる。

しかし、開店して一年半が過ぎた頃から次第に客層が変わっていった。

客、といっても相変わらず利用者の比率は日本人より米人のほうが高い。

ある日、いつものように米人がやってきた。一瞬、二人かと思うが、よくよく見れば客は一人である。

……が、その背後に立つもう一人は軍服を着ており、姿はうっすらと透けていた。

（こりゃ、生きてる奴じゃない）

咄嗟に感じた。

客が品物を物色している間中、透けて見えるほうは、父親に対して憤怒の形相で罵声を上げ続けている。

客は全く気付いておらず、買い物を終えると機嫌よく帰っていった。

そしてそれ以降、客と一緒に亡き米兵が〈憑いて〉くるようになる。

一人の客の背後に一人。客が二人ならば、霊も二人といった具合だ。

『絶対に許さない』『殺してやる』『この恨みは忘れない』といった内容が殆どだった。

更に皆、五体満足の姿で現れることは皆無であった。

血だらけ、という訳ではなく、〈そのものがない〉のだ。

ある人は腕や足。またある人は顔半分から下半身に掛けて〈なくなって〉いた。

それでも父親はあくまで強気に出ていた。（死んだ奴に何ができるのか）――と。

倒した米兵の顔すら覚えていない父親は、精々恨み言を言い続けることしかできないだろうと高を括っていた。

——そんなある日。

店仕舞いをしようとシャッターを下ろす直前、一人の若い米人がやってきた。

背後には顔の殆どを失い、下半身がない米兵を憑けている。米兵の口汚く罵る声が聞こえるが、既に慣れていた父親は気圧されることなく対応していた。

若い米人は観光で訪れたらしく、偶々この店を見つけたのだと説明する。

「もっと酷いのかと思ってましたが、大分復興されたのですね」

店内から薄暗くなった景色を見渡す青年は、歪に口角を上げた。

その表情からは意志を読み取ることができない。

ただの世間話かと調子を合わせていたが、次第に戦争の話へ移行していく。

「私の父はパイロットだったんですよ」

「そうですか……」

「……でもね、日本の軍艦に撃ち落とされて。……そこで命を落としたんです」

「……」

返す言葉が見つからない父親を見据えたまま話を続ける。

「その父が最近よく夢に出てくるんですよ。アイツが許せない。復讐してくれ、ってね」

青年はまっすぐ父親を見つめた。背後からの罵倒も止むことはない。

「……でね、ここに入ったのも父の匂いにつられてやってきたんです。……そう、まるで『この店に入れ』、と言われているような感じで、ね……」

青年の目は明らかに正常ではなくなっていた。

まるで亡き父親を通じて時代が巻き戻ったような印象だ。

緊張と気味の悪さで、自分でも分かる程に顔が強張る。

店を閉めるから、と半ば強引に青年を外へ追い出す。

「アーハッハッ!!」

買い物一つしなかった青年は、店先で突如腹を抱えると、大声で笑い出した。

――『アーハッハッツ!!』

それまで罵詈雑言を浴びせかけてきていた米兵が、重複するように笑い声を上げた。

すぐさまシャッターを下ろすも、暫くの間笑い声は途絶えることがなかった。

翌日になり、店を開ける為シャッターを上げると、件の青年が虚ろな瞳で立っている。

加えて、身体の一部を失った米兵達までもが店の周囲に点在して佇んでいた。

皆一様に〈父親だけ〉を鋭く見つめ、冷笑を口に刻んでいる。

罵倒や、嘲笑されるほうがまだマシであった。

「うわあぁっっ‼」

豪胆で、透けた兵士を見ても歯牙にも掛けていなかった父親の精神が、崩壊した瞬間であった——。

その日以来店を閉め、あれだけ自慢していた戦時中のことも一切口に出さなくなった。

母親は既に病死していた為、自室で一人、夜を過ごす。

「——アイツらがやってくるんだよ」

一日中部屋に籠もり、夜な夜な魘《うな》される父親を問い質した際、目の下に隈の浮いた疲れ果てた顔で、ぽつりと漏らした。

眠ると必ず米兵に囲まれ、罵詈雑言を浴びせられるというのだ。

また、外には必ず透けた米兵が待ち構えている為、家から出られないのだとも話した。

「そんなの疲れからくるもんだろ? 俺、何も見えないし。……それに元々身体の弱かったお袋は別にしても、こうして俺も親父も病気一つなくやってきてたじゃないかよ」

いつまでも店を閉めておく訳にもいかなかった笹竹さんは、日本人を対象にした形で営業を再開する。

偶に米人が来た際も、見よう見真似で対応していたが、別段変わったこともない。

あくまで気の所為なのだと、時間を掛けて父親を説得する。

そして翌朝、半ば無理矢理父親の手を引き、シャッターを開けた、その途端。

「……ひっ」

――父親は心臓麻痺を起こし、そのまま帰らぬ人となってしまった。

更にそれ以降、笹竹さんの身にも異変が起きた。

父親が亡くなってからというもの、米人が来ると、背後に〈透けた兵士〉が見えるようになったのだという。

激昂し何やら怒鳴っているが、簡単な単語しか分からない彼に真意は汲み取れない。

だが明らかに敵意を剥き出しにしていることだけは理解できた。

尚且つ、朝晩とシャッターを開け閉めする際に現れる数十人の米兵達。

(……まだ許されてないんだな)

彼らの射抜くような視線から、嫌でも意思が感じ取れる。

……そして彼は、米人と係わり合いになることを止めた。

店を続けることしか生きていく術を知らない彼にとって、その選択以外思い浮かばなかったのである。

店の周囲に点在する兵士達を見ても、知らない振りをする。米人の客がきたら、とことん無視を決め込む。
勿論、怒る人もいるが、大抵は英語が通じないのだと諦めて帰っていく。
背後に身体のあちこちを失った米兵とともに――。
更に彼は所帯を持つことも諦めた。自分の代で全て終わらそう……。そう思った。
戦争とはいえ、沢山の兵士達に恨まれることをしたであろう父親。
そして〈ただならぬ生への執着〉が何を意味していたのか。
語られていない真実を聞きたくとも、その願いが叶うことはない。

顔

それは十年以上が経った今現在でもくっきりと脳裏に描けるくらいまでに、忘れ難い顔であったという。


ワールドカップが日韓で同時開催された年の春先のこと。

福嶋さんは友人とともに横浜駅にショッピングに出かけた。

若干曇り気味の、週末の午後。

平日でさえ沢山の人が行き交っている駅周辺は、まともに直進をするのも困難なくらいな程に混み合っていた。

「ビブレで見たい服があるんだ」

そんなことを口にしながら先を行く友人の後を、人ごみを掻き分けながら進んでいく。

甘い洋菓子の香りの漂う小売店が煌《きら》びやかに建ち並ぶ相鉄ジョイナスの通路を抜け、西口へと出る。

と、西口へと出た先のすぐの広場に献血車が停まっていた。

献血車の前では若い女性が、行き交う通行人に向けて「献血に御協力をお願いします」と声を張り上げている。

そこから数メートルほどのところに、ほんの気まぐれで献血を受けたような二十代中頃くらいのカップルが、協力の礼に貰った白い紙コップの飲み物に口を付けながら談笑していた。

そしてそのカップルの更に数メートル隣。そこに背の丈百二〜三十センチくらいの、何やら四角いプレートを胸に抱えた人物が一人立っていた。

薄らと黒ずんだ朱色のマフラーらしきものをほっかむりのようにして頭に巻いていた。胸に抱え込んでいるプレートには文字が書かれていた。

それは十数メートル程の距離があった福嶋さんの位置からでもはっきりと読み取れる程の、黄色い文字で書かれた英文だった。

〈I got my command. I held the coastline.〉

「……命令を受けた。私は海岸線を守った」

福嶋さんはその文字を読みながらついつい頭の中で翻訳していった。

〈Look at more. Because I don't look.〉

「……もっとよく見て。だって私にはもう見られないのだから」

文の全てを福嶋さんが理解できた訳ではない。分からない単語も幾つもあったし、判読の難しい潰れたスペルもあった。たがそれでも先に挙げた数少ない読み解けた言葉の断片から、恐らくこれは何やら反戦のメッセージではないかというイメージを持った。

プレートから視線を上げて、福嶋さんはそれを抱える人物の顔へと目をやった。

外国人。

性別の判断は付かなかった。

その理由を福嶋さんは、〈その顔には通常なら少なからずあるべき、人としての情報が一切存在していなかったんです〉と、述べている。

確かにその人物の顔はそこにある。だがそれは戦地で受けた傷跡をどうにかする為であったのか、酷く人工的だった。

灰色に濁ってはいるが瞳もあり、ぴんと筋の通った高い鼻もあり、薄らとピンクがかった唇もしっかりと付いている。一見すれば欠けているものなど何一つなく、また余分なものも一つもない。

だがそれでもそれは本来の人間の持つ顔とは決定的に異なる、全く別種のものであったのだと、福嶋さんは言うのである。

数メートル先を歩いていた福嶋さんの友人がそのプレートを掲げた人物に掠るようにその右横をすり抜けていった。まるでそこに人が立っているなんて思ってもいないかのように――。

狼狽《ろうばい》して暫く足を止めていた福嶋さんは、友人を見失わないようにとすぐに駆け足気味にその後を追い駆けた。

プレートを掲げた人物の横をすり抜けようとした際、自然にそちらへと目が向く。

だがそこにはつい数秒前まで目にしていたプレートを抱えた人物の姿はなく、その向こうの、何の悩みもなさそうに笑い合っているカップルの姿が目に入るのみだった。

埋火

カンボジア西部のある安宿の前に少女の幽霊が立っていた。少女はプラスチック製の地雷を持っていた。

宿に入って主人に少女の幽霊の話をすると、きっぱりとそう言われた。

「気にしないで下さい」

しかし、気になるものは気になる。

神足さんはその理由くらいは聞かせてもらうことができないかと、片言のクメール語で主人に掛け合った。

「気にしないで。あと余り言わないで」

「女の子が持っているのはミンですか？」

「そうです。ミンです。女の子はミンを置いていきますが、触らないで下さい」

やはりそうか。

ミンとはクメール語で地雷のことである。カンボジアに来る前に一番気を付けなくてはならないのは地雷であると、出国前に知人から教わった。赤地にドクロのマークの描かれた場所には近寄ってはいけない。地雷原だからだ。

「向こう側の草原にも、地雷があります。入らないほうが良いです」

少女はそこから来るのだと主人は言った。

クメール・ルージュが地雷を埋めていたのは三十年も前の話である。だからもう過去のことなのではないかと神足さんは考えていた。だが、滞在中に知り合った地元の日本人のケイさんに話を訊くと、とんでもないと言われた。

「今でも月に何度か新聞にも載るよ。地雷踏んで死んだとか、大怪我したとかね。この国では地雷で足を失うとか普通のことなんだよ。あと困ったことに地雷はこの国では絶対なくならない。ずっと残り続ける」

「何故ですか」

「地雷撤去が進むと、他国からの援助が減るからだとさ」

子供が地雷原に入らないように、子供にも分かりやすいポスターを作るのだとケイさんは言った。

「地雷があると土地がバカみたいに安いんだよ。だから貧しい人が住むんだ。そして遊んでいる子供が地雷を踏んでドカンさ。子供は訳が分からないから、〈お母さん足を探してきて〉って泣くんだ」

悪夢だ。

憂鬱な気分で宿に戻ると、宿の主人に声を掛けられた。

「そうそう。お客さん、気を付けて。あの子見た人は、必ず地雷を踏むからね」

神足さんは宿の主人に言われたその言葉を信じている。だからもう二度とカンボジアには行かないのだという。

富士田忠夫

希代子さんが昔、大叔母のキクさんから聞いた話である。

三十余年前の盂蘭盆会のこと。当時既に高齢になっていたキクさんは、娘さんと先祖代々の墓地へ墓参りに行った。娘さんが水を汲みにいく間、キクさんは一人で墓石の前に立っていた。そこへ墓石の後ろから、いきなり人影が現れた。

軍服を着て銃を持った兵士である。二十代半ばくらいの目元の涼しい青年であった。キクさんは驚き、腰を抜かして尻餅を突いた。そのとき、彼女の低い眼の位置から青年の足に巻かれたゲートルがはっきり見えたという。

「驚かせてすみません。自分は富士田忠夫といいます」と、青年が話し出した。

「南方で戦死したのですが、葬儀を出してもらえなかったので墓に入れずにいます。どうか助けて下さい」

言い終えるなり、その姿が消えてしまった。

キクさんには見覚えのない青年で、名前も心当たりがなかった。後日、戸籍を調べたり、親戚に問い合わせたところ、遠縁に富士田忠夫という人物が実在したことが分かった。

彼の両親は、

「忠夫はこの辺りでは一番運動神経が良くて強い子だった。絶対に生きて帰る！」

と、信じ続けて葬儀を行わずにいたのである。だが、やがて両親は亡くなり、弟妹も次々に早逝してしまい、そのままになっていたらしい。

キクさんは代わりに菩提寺に頼んで供養を行った。

富士田忠夫が姿を現すことは、二度となかったという。

リード

高松さんの家は、アメリカン・ショートヘアという種類の猫を飼っている。

名前は「大吉」という。

普段は家猫だが、時たま日光浴と称して玄関の前で遊ばせていた。

その際、首輪にリードを付けていたので、

「脱走しちゃうんですか？」と訊いたら高松さんは首を横に振って言った。

「連れていかれない為よ」


少し前、高松さんは大吉を連れて、ある霊園にお墓参りに行った。

霊園には芝生の広場があり、高松さんはお墓参りが終わった後、そこで大吉を放して少し遊ばせることにしたという。

かなり大人しい猫だったので逃げる心配はなかったらしい。

高松さんが携帯のメールを確認する為、ほんの僅かに大吉から目を離したときのことだった。

いつの間にか三人の子供が大吉を囲むようにしてしゃがんでいた。

男の子二人に女の子一人。

「何かのエキストラ?」

高松さんは思わずそう言ってしまった。

というのも子供達の風貌や着ている衣服が、少し奇妙に感じたからだ。

男の子達は二人ともクリクリの坊主頭で粗末な白いシャツに半ズボン、女の子はおかっぱ頭にモンペとこれまた粗末な白いシャツ。

全員の服はボロボロで、所々が解《ほつ》れて擦り切れたりしていた。

三人とも痩せこけて顔色も悪い。

子供達に囲まれた大吉は、すっかり怯えて縮こまっている。

高松さんが子供達に話しかけようとしたとき、子供達はこんな会話を始めた。

「喰えるかな?」

「きっと喰えるよ」

「うん、食べよう」

片方の少年がナイフを取り出した。

「あなた達、イタズラにしては度が過ぎてるわよ!!」

ナイフを見て驚いた高松さんは、凄い剣幕で子供達を怒鳴りつけた。

「邪魔をするんじゃない……」

高松さんは右のコメカミに冷たい物が当たるのを感じた。

今度は旧日本兵の格好をした、これまた顔色の悪い男がいつの間にか高松さんの右側に立っていて、彼女のコメカミに拳銃を突き付けていたのだ。

ナイフを持っていないほうの少年が、大吉を抱え上げて連れ去ろうとした。

「ぎゃあああ～!!」

高松さんはパニックになりながらも、少年から大吉を奪い返すと、無我夢中で車のほうへ走って逃げた。

幸い、子供達や日本兵は追ってはこなかった。

そんなことがあってから、高松さんはたとえ玄関の前に出すだけでも、連れ去られないように大吉にはリードを付けるようになったのだという。

共に白髪の生えるまで

高校の頃の話だから、もうかれこれ三十数年前のこと。

隣に七十代と思しき老夫婦が引っ越してきた。

息子家族が同じ市内に住んでいるとかで、ここに越してきたらしい。

度々それらしき車が家の前に停まっていた。

夫婦は大変仲が良く、二人連れ立って近所の公園を散歩する姿をよく見かけた。

その頃、そこを通学の近道にしていたので、必然的に顔見知りとなり挨拶を交わすようになった。

「おはようございます」

「おはようございます。気を付けて行ってらっしゃい」

声を掛けると、必ず夫人のほうが挨拶を返してきた。

その隣で御主人は微笑みながら黙って頭を下げる。

二人の笑顔を見て「夫婦は似る」というのは本当だなと思った。

「いつも御夫婦一緒で、仲が良いですね」

ある日いつ見ても二人寄り添っているのが微笑ましくて、そう話しかけた。

一瞬、妙な間が開いた。

夫人は大層驚いた風で、こちらを凝視している。

何か変なことを言っただろうか。

御主人はそんな夫人の様子をいつもと同じ穏やかな笑顔で眺めている。

「そう」

やがて夫人はこちらの目線を辿るようにして御主人に目をやった。

「ありがとう」

その言葉に、御主人は笑みを深くした。

以来挨拶する度に、夫人はこちらの視線を追うようにして傍らの御主人を見上げるようになった。

それから一年ほどして、夫人が亡くなった。

大変仲睦まじかった御夫婦である。残された御主人は大丈夫だろうか。

少し心配になって、通夜に出た母に問うてみた。

「いつも一緒で仲が良かったから、旦那さん悲しいだろうね。大丈夫かな」

「は？」

母が酷く怪訝そうな顔をした。

「隣の奥さんはお一人よ。戦争で旦那さんを亡くされてから、女手一つで息子さんを育てたそうだから」

住む人もなくなるから隣も引き払うという。

そんな馬鹿な！　毎日顔を合わせて挨拶していたじゃないか。

どうしても信じられなくて、半ば強引に葬儀に参列した。

御主人の姿は何処にもない。呆然とした。

確かめようにも手段がない。

まさか「毎日会っていました。確認の為、御主人の写真を見せて下さい」という訳にもいかないだろう。

流石に非常識過ぎる。

「ほら、あれが息子さん」

そんな考えを巡らせていたところを、母に促されて喪主席に目を向ける。

御主人よりは少し細身だが、よく似た面差しの中年男性が座っていた。

糸数壕

沖縄県は太平洋戦争における激戦地である。
およそ九十日続いた戦闘により、日本軍約九万人、非戦闘員であった沖縄県民約九万人、米軍約一万人、延べにして約二十万人が命を落としている。

米軍は沖縄上陸戦以前に、フィリピンの諸島や硫黄島でも日本軍との地上戦を経験している。これらは米軍が日本を空爆する為の足がかりとして、日本軍の飛行場を奪取していく拠点制圧戦の一環であった。

太平洋に点在する日本の前線基地、防衛拠点は、米軍との苛烈な戦闘の末に、一つ、また一つと陥落していった。これらは物量、兵器の精度性能、士気の全てにおいて勝る米軍による一方的な掃討戦であった、とも言われるが、実相としてはそれは正確ではない。

当初は米軍側も「楽に勝てる戦い」だと考えていた。

確かに米軍の物量、工業力、兵器の性能、軍の規模、有する資源、それらは日本軍を圧倒していた。西欧の戦史にあっては、「どうあっても敵わない戦力差」を認識した時点で投降する。兵士は死ぬまで戦ったりしない、というのが西欧における戦争の常識であった。

だが、日本軍は抵抗した。

蟷螂《とうろう》の鎌の如き非力な反抗であることを知りながら抵抗を続けた。

硫黄島では、守備隊は米軍に最大限の損耗を強いることを念頭に粘り強い抵抗を続けた。攻めても攻めても投降しない。掘り巡らされた壕を縦横に移動し、隙あらば決死の攻撃で寝首を掻こうと藻掻く。

米軍による日本本土攻撃を僅かでも遅らせ、本土決戦の準備に必要な時間を稼ぐ為である。日本本土以外の諸島の守備隊の多くは捨て駒として玉砕していったが、それらは全て僅かな時間稼ぎの為であった。

だが、この必死の抵抗は米軍に恐怖を植え付けた。

日本軍は投降を呼び掛けても手を上げない。砲弾、弾丸が尽きても戦うことを止めない。徹底抗戦する日本軍に対して、米軍は「徹底的な殲滅」以外に戦況を終結させる選択肢がないと学んだ。

本土へと向けて転戦する道々、米軍はその思いを強めていく。

そうして遂に、沖縄本島が戦場になった。

昭和十九年十月、那覇が空襲に見舞われる。

町や村落を焼き尽くした後、米軍は沖縄本島に上陸した。

那覇空襲の翌年、昭和二十年四月一日のことである。

こうして沖縄戦が始まった。

これまでの離島制圧戦で米軍は学んでいた。日本軍は死ぬまで抵抗を止めないだろう。

彼らにとっての恐怖にピリオドを打つ為には、如何なる手段を用いてでも日本軍を全滅させるしかない。

米軍の侵攻に対する恐怖心と、死ぬまで戦いを止めない日本軍に対する恐怖。

両国軍の互いに対する恐怖心が、沖縄戦を一層過酷なものにした。

米軍の掃討戦は苛烈を極めた。

手心を加えても彼らは降伏しない。その恐怖心が米軍をさらに駆り立てた。

本島中部への上陸戦から始まった沖縄戦において日本軍は徹頭徹尾劣勢にあり、戦線は日々後退を強いられ続け、南部へ向かって戦線を押し込められる撤退戦を余儀なくされた。

沖縄戦が始まる以前から、各地の集落ごとに避難所が取り決められていた。日本各地にあった防空壕と同様のものだが、自然の洞窟をそのまま利用した避難所を沖縄の言葉で壕《ガマ》と呼んだ。

南部戦線は負傷した傷病兵で溢れ、抗戦というよりも持久戦、持久戦というよりも籠城戦、籠城戦というよりも〈ガマ〉に息を潜めてただただ身を低くすることに耐えるだけの窮乏戦の様相を呈していた。

米軍は攻撃の手を弛《ゆる》めず、日本軍は反抗を止めない。

死以外に終わりがない――出口のない真っ暗なトンネルのような戦いだった。


平成生まれの松木さんは、高校一年のときに修学旅行で沖縄を訪問した。

訪問先は沖縄県南部。激戦地、ひめゆりの塔、というキーワードは知っていても、それが実際に意味する事柄について、軍事や歴史に特別な興味を持たない普通の高校生では、それ以上の深い知識はなかった。

〈南部観光案内センター〉と記された小綺麗な管理棟で手続きが行われた後、四十人ほどの同級生とともに引率の教師、ガイド他数名に連れられて、壕へ向かった。

「これから皆さんが見学される糸数壕《あぶちらがま》は、糸数集落の避難壕だったところです」

頭上注意、と赤くペイントされた壕の入り口には、手摺りとコンクリートの階段が付けられている。

これは保存と公開が決まった後に取り付けられたもので、往時はそんなものはない。本来はただの自然の洞窟に過ぎない。

「この入り口は、日本軍がここに負傷兵を運び込んだときに空けられました」

内部は真っ暗だった。一人ずつ手にした小さな懐中電灯で、辛うじて足下は見える。懐中電灯の仄かな光条の指す先に、僅かに壕内が浮かび上がる。

黒々とした石積み、ガラクタのような遺物。

「壕は北北西から南南東へ延びています。長さにして二百メートルと少し。この中は、避難壕であり、野戦病院であり、集落を丸ごと受け入れる村そのものでもありました」

病院としての機能を備え、井戸、カマド、食糧などの倉庫、トイレ、そして家畜飼育所までが備わっていた。しかしそこに、糸数郷の住民だけでなく傷病兵や守備兵など、想定を遙かに超えた二百名以上に上る避難者が、雑居していた。

「皆さんも名前くらいは聞いたことがあると思いますが、ひめゆり学徒隊の隊員もこの壕に派遣され、多くの傷病者や住民を支えたのです」

同様の壕が沖縄各地にあったと言うが、それらの多くの遺構は今は立ち入ることができない。戦時遺構として保存する為であったり、或いは崩落の危険性があるなど理由は様々だが、糸数壕は一般に入壕公開されている数少ない場所であった。

授業で戦争の話を聞かされることは幾度もあった。ただ、それは遙か昔の――何処か別世界の物語のように感じられていた。

生存者の証言を伝承するガイドは、迫真の熱演で当時の証言を朗々と語るのだが、こうして修学旅行で〈かつての激戦地〉に実際に足を踏み入れてみても、どうにも実感が湧かない。

ガイドに促されて重傷患者の病床だったとされる場所に目を移した、そのとき。

「こちらの――」

不意に涙が零れた。

（あ……あれ？）

戦争が悲惨だ、皆大変だった――。たった今、そういう話を間近で聞いてはいた。

だがそれに自分が共感したとか、心を打たれたということはなかった筈だ。

ぽろぽろと涙が出る。

声が出る。

引き攣《つ》るような嗚咽《おえつ》が上がり始める。

悲しい、という感情がある訳ではない。

気の毒だ、という同情のようなものもない。

痛い、苦しいという気持ちすらない。

分からない。何も分からない。

しかし、松木さんの涙声はもはや号泣に変わっていた。

泣いて泣いて泣きじゃくった。

友人が支えてくれたが、一人では満足に立っていることすら難しかった。

「皆さんは先へ。貴方は……こちらへ」

松木さんはガイドとは別の職員らしき女性に肩を抱かれて、一足先に壕の外に出された。

最初に入った管理棟に連れられていく。

女性は、泣き続ける松木さんに優しく言葉を掛けた。

「貴方、お名前は？」

「松木です。まつき、みほ」

彼女は塩と水を並べながら続ける。

「貴方、お母さんとお父さんの名前を教えてもらえる？　答えられる？」

この問いの意味も分からなかった。保護者に連絡が必要なのだろうか、と訝しみながらも、問われるがままに何とか両親の名前を返す。

恐らくこれは儀式のようなものと思われた。

しかし、なお涙が止まらない。

女性は嗚咽を上げ続ける松木さんの身体を抱きしめ、そしてその耳元で小さく囁いた。

「……この子じゃ貴方は救えない」

松木さんに向けた言葉ではないようだった。

「分かって。この子にはこの子の人生があるの。この子の人生を邪魔してはいけない」

松木さんを抱きしめる力が更に強まり、痛いほどに感じられた。

「さあ、お願い。元の場所にお帰りなさい」

その直後、松木さんの下半身が急に重くなった。自分の体重が突然増えたかのようにふらつき、今度は急に軽くなった。縋り付いていた何かが離れていった――例えるならそれが最も近い。

女性は青々としたサトウキビの葉を手慣れた手付きでくるりと捻り、輪を作るように結び目を締めた。

「魔除《サン》けを持っておきなさい」

涙は止まっていた。

「もう大丈夫。――でも、あの人達に同情しちゃダメよ」

今も壕の中にいる人達に同情したら、壕から出ることができなくなるから――。

昭和二十年五月二十五日、撤退命令によって糸数壕は解散。

同日、糸数壕から重傷患者とひめゆり学徒隊は更に南部にある壕へ撤退するが、行き場のない住民と傷病兵はそのまま糸数壕に残留した。

同年六月、米軍が糸数壕に複数回の駆逐戦闘を仕掛けるが殲滅《せんめつ》には至らず。

六月十七日、糸数壕から撤退した傷病兵とひめゆり学徒隊が砲撃の至近弾によって死傷。

六月二十三日、沖縄戦が終わる。しかし、糸数壕に立てこもる人々はそれを知らないまま、なお苦渋の時を過ごす。

同年八月十五日の日本の無条件降伏をも彼らは知らず、先に投降した日本兵の説得によって糸数壕に隠遁《いんとん》していた避難民と傷病兵が糸数壕から出たのは八月二十二日。

更に、最後まで壕に立てこもっていた人々が日光の下に出てきたのは、九月も中旬になってからのことである。

松木さんの体験は、二十一世紀に入ってからの出来事である。

存命の生存者は今はもう殆どなく、生存者の手記と当時を直接には知らない語り継ぐ会の口伝が残るのみとなったこの壕に、今も――そう、今も彼らはいる。

未了

住野さんが高校生時代の修学旅行先は沖縄だった。

クラスの班でテーマを決めた上で本島の施設を巡り、その結果をレポートに纏めるという課題が課せられていた。住野さんの班のテーマは〈ガマ〉であった。

ガマとは沖縄本島の南部に多く見られる自然洞窟のことだ。大きなガマの中には戦跡として一般公開されているものもある。そのようなガマには戦争追体験のツアーの一環として修学旅行生が多く訪れる。住野さん達もそこで洞窟の奥の闇を体験することになっていた。

バスを降りると、辺り一面サトウキビ畑だった。


ガマの奥へと降りていく階段を進むと、中は暗くじめじめしていた。手に懐中電灯を持ち、ガイドさんの案内で奥へと足を進めていく。岩がごつごつして足場が悪い。

耳に届くのは地下水の滴る音だ。

何とも言えない緊張感に満ちた空気に圧倒された。息苦しい。

「怖いよね……」

「ホントもう帰りたい……」

「気持ち悪い……」

クラスメイトのひそひそと話す声が聞こえた。

足下に注意しつつおっかなびっくり進んでいくと、懐中電灯の光の中に、当時の生活用品がそのまま残っているのが照らし出された。

ガイドさんの話では、ガマの白い砂や土には、ここで亡くなった人の骨も混じっているとのことだった。


「では懐中電灯を消して下さい」

洞窟の最奥で全員が懐中電灯を消した。真っ暗だ。瞼を閉じたときよりももっと暗い。

真の闇っていうのは、こんなにも暗いのかと思った。

その闇の中でガイドさんの話を聞いた。戦争末期の悲惨な話に、そこかしこからすすり泣く声が聞こえた。

それでは戻ろうというときに、住野さんは列の一番最後になってしまった。別段意図した訳ではない。足下に注意を払いながら遅れないようにと足を踏み出したそのとき、住野さんのスカートの裾を誰かが引っ張った。

「外に出ると危ないんだよ」

女の子の声だった。

一般の観光客のお子さんかしら？

だが、今は自分のクラスが団体で入ってきたのだから、他の観光客はいない筈だ。こんな真っ暗な洞窟の奥に小さな子を置き去りにするということも考えられない。そんなことがあれば騒ぎになっている筈だ。

「外に行っちゃ駄目だよ。外は危ないからここにいなきゃ駄目だよ」

女の子の声は懇願するようにそう繰り返した。スカートの裾を強く握っているのが伝わってきた。

「外は大丈夫よ。もう危なくないよ」

住野さんは声に出して言った。手に持っている懐中電灯の光だけが頼りだ。背後には漆黒の闇が広がっている。そこに何故女の子が一人でいるのか。

怖くて振り返れない。

「お姉ちゃん達と一緒においでよ」

そう話しかけるのが精一杯だった。その声に女の子が答えた。

「駄目だよ。外は危ないよ。怖いことが一杯あるんだよ」

「駄目だよ」

「駄目だよ」

「駄目だよ」

　女の子の声はガマの外に出ては駄目だと何度も何度も繰り返した。

　その声に耳を傾けていると、自分の体温がゆっくり下がっていくのが分かった。

「……行くね」

　震える足を一歩前に踏み出すと、背後で握られていたスカートの裾がはらりと落ちた。

　そのまま後ろを振り返らずに、クラスメイトの列に追い付こうと、早足でその場を後にした。


「きっとあの女の子の中では、戦争がまだ終わっていないってことなんですよね」

　住野さんは沖縄に行っても、ガマにはもう入らないと決めている。

鳥避け風船

誠一郎君がある施設で、事務のバイトをしていたときに体験した話だ。

とある日の昼休み、昼食を終えた誠一郎君は他のスタッフ達と一緒に施設の喫煙室で煙草を吸っていた。

三階にある喫煙室の窓からは、隣の家とその庭が見える。

何処にでもある、やや大きめの日本家屋だった。

誠一郎君はいつもその家を見下ろしながら、ボーっと煙草を吸っていた。

しかし、その日はいつもの隣家とは様子が違っていた。

隣家の屋根の端には、沢山の風船が取り付けられていた。

風船には大きな目玉のような模様が描かれ、キラキラ光る帯が何本も垂れ下がっていた。

田んぼや団地のベランダなどによくある、鳥除け用の風船だった。

昨日まではそんなものは、取り付けられてはなかった筈。

更に、庭には七～八人の男が立っていた。

男達は映画やドラマ、ネット上の写真等で見たことのある、旧日本兵の格好をしていた。全員が両手に持った歩兵銃を上方に構え、銃口を屋根に付いている鳥避け風船に向けている。

不気味な兵士達が立っているにも関わらず、庭に面した引き戸は全開になっており、角度的にも施設の三階から家の内部をある程度覗くことができた。

興味を持った誠一郎君がその光景を眺めていると、庭側の廊下を歩く初老の女性の姿が見えた。

洗濯物のような物を持った女性はチラリと兵士達のほうへ顔を向けたが、別段驚く様子もなく、そのまま家の奥へ消えていった。

「あれ、何ですか?」

誠一郎君はその異様な光景について、一緒に煙草を吸っていた先輩スタッフに訊ねた。

先輩は家のほうを見下ろすと少し目を細めながら、

「ああっ、うちには関係ないから気にするな」と軽く手を振った。

「そうなんですか……でも何か明らかにヤバい雰囲気ですよね」

納得がいかない誠一郎君の様子を見て、先輩は煙草を消すと小さな声で語り始めた。

「あの兵士達、年に何回かは、ああやって家の庭に現れるんだ。全員、銃を構えたまま。

そして兵士達は消えるまで、ずうっと銃口を家に向け続けているんだ」

「家に向けて？　今は屋根の風船に銃口を向けているみたいですか」

誠一郎君が突っ込むと、先輩は少し苛立たしそうに再び煙草に火を点けた。

「以前、ここにいた俺の先輩から聞いた話だから本当かどうか分からないけど、家の主人が除霊やら御祓いなんかをやっても、あの兵士達は全く消えないそうだ。それどころか年を追うごとに兵士の人数が増えてくる。で、せめて奴らの銃口だけでも逸らせないものかと思って付けたのが、あの鳥避け風船なんだとさ」

先輩の話を聞いた誠一郎君は改めて兵士達を見た。

先程よりも人数が増え、兵士の数は十人を超えていた。

全員、微動だにせず、銃口を屋根で揺らめく鳥避け風船に向けている。

「どうして兵士達はあんな物に銃口を？　あの風船、何処か特別なのですか？」

「俺が知るか」

誠一郎君の質問に、先輩はぶっきらぼうに答えた。

「確かに家に銃口を向けられているなんて、いい気分じゃないでしょうね……」

「さあ、仕事に戻るぞ」

誠一郎君は先輩と一緒に喫煙室を後にした。

仕事を終えた後、隣家のことが頭から離れない誠一郎君は、喫煙室に向かった。
彼が窓から隣家の庭を見下ろすと、庭に面した家の引き戸は全て閉じられていた。
しかし夕闇の中、兵士達は相変わらず鳥避け風船に向けて銃口を向けている。
人数も更に増えており、庭は銃を構えた兵士で埋め尽くされていた。
「この家と兵士達の間には、一体何があるのだろう?」
誠一郎君は恐ろしい光景だと思いながらも、兵士達から目が離せなかった。
不意に兵士の一人が、銃を構えたまま誠一郎君のほうを見上げた。
兵士の顔は右の頬と顎が綺麗になくなっていた。
誠一郎君は兵士の鋭く冷たい眼差しに、何故か怖さよりも悲しさを感じだ。
そのうち、兵士が一人、また一人と誠一郎君のほうを見上げて顔を見せた。
兵士達の顔の殆どが、何処かしら大きく傷付き、欠損していた。
全員の顔を見た後、誠一郎君は何故か泣いていた。
そして彼は自然と敬礼をしていた。
生まれて初めての敬礼だった。
兵士達も構えを解き、一斉に誠一郎君に向かって敬礼した。

誠一郎君が敬礼を止めると兵士達はまた、銃を構え銃口を鳥避け風船に向けた。

胸に熱いものを感じながら、誠一郎君は喫煙室を後にした。


数日後、大きな台風がやってきて隣家の鳥避け風船は全て吹き飛んでしまった。

誠一郎君が喫煙室の窓から見下ろすと、兵士達の銃口は一斉に隣家に向けられた。

日中はいつも全開になっていた筈の庭側の引き戸は閉め切られていた。

次の日、屋根に鳥避け風船を取り付けようとした業者が、屋根から滑り落ちて救急車に運ばれていった。

「もう、あんな子供騙しみたいな手は通用しないのかも……」

誠一郎君は隣家と兵士との関係について、全く分からないのに何故かそう確信した。

更に数日後、隣家は突然、倒壊した。

幸い住人は全員出かけていて、怪我人等は出なかった。

表向きは脆くなっていた古い建物が、台風による雨風に耐えられなくなって倒壊したと言われていた。

しかし建物の撤去作業が始まった直後、家が倒壊した真の原因を、誠一郎君は喫煙所からしっかり見ていた。

瓦礫などの撤去作業中、現場に何度も警察が来ていた。

そして間もなく作業現場は全面をブルーシートで覆われ、横からも上からも見ることができなくなった。

瓦礫の中に大量の真新しい銃弾が紛れていたのを隠す為だった。

友よ

楢崎さんが、十三歳のときに体験した話。

当時彼は、両親、父方の祖父との四人暮らしだった。

とは言っても、父親は土木作業の現場監督であった為、飯場生活が主となる。

実際に家にいるのは夏と冬の休みを合わせても二週間程度しかない。

故に一年の殆どは母親と祖父、そして彼だけの生活となっていた。

六十代後半の祖父は寡黙で、必要最低限のことしか話さない人であった。

また、皺《しわ》だらけの顔は常に無表情で、喜怒哀楽といった感情が欠落していたかに見えた。

笑っている姿どころか、彼が何か悪さをしても声を荒らげたり、怒られた記憶すらない。

普段は庭にある小さな畑の手入れをし、それ以外必要以上自室から出ることはなかった。

家族の団欒《だんらん》に加わるなど皆無である。

母親は既に慣れてしまったのか、祖父の好きなようにさせている、といった感じだ。

父親といえば、休みで帰ってきても、近況を話したり一緒に酒を酌み交わす訳でもない。

彼や両親は勿論、祖父のほうからも、心なしか一定の距離を保っているように思えた。

ある夕刻。祖父は無言のまま夕餉《ゆうげ》を終え、一息吐く間もなく自室へ戻っていく。

楢崎さんも母親と少しばかりの会話をし、早々に自分の部屋へと向かう。

この光景も日常の一コマである。……だが、その日ばかりは違っていた。

彼は一度眠りに就くと朝まで起きないのだが、不意に夜中に目が覚めた。

頭が判然としないまま、足は自然と一階の冷蔵庫を目指す。

(あれ?)

台所へ歩を進める最中、祖父の部屋から微かな明かりが漏れ光っていることに気付いた。

「爺ちゃん……まだ起きてるの?」

普段ならとうに寝ている時間である。心配になり声を掛けてみたが、一切の返事はない。

祖父の部屋は、襖の開け閉めの際にチラリと中を見る程度で、実際に足を踏み入れたことはない。母親も洗濯物など直接手渡しをするのみに終わっていた。

祖父は全て自らの手で片付けや掃除を行い、家族の誰一人とて、自室へ招き入れはしなかったのだ。

八畳程の部屋は、暗黙のうちに〈勝手に入ってはいけない禁断の場所〉と化していた。

「……何かあったの? 大丈夫?」

躊躇《ちゅうちょ》しながらも、なるべく音を立てないようにこっそりと襖を開ける。

――祖父は起きていた。

部屋の右手に設置された背丈程ある洋服箪笥の前に立ち、前をじっと見つめている。

流石に中に入ることは身体が拒み、襖を中途半端に開けた状態で様子を窺う。

祖父は箪笥の上に置いてあった漆塗りであろう小さな木箱に、そっと手を伸ばした。

一番下の引き出しを開ける。

そこから油紙と思しき物に包まれた、細長い銃弾を取り出した。

厳つい節くれだった手で、鈍い金色の弾を幾度となく撫でている。

見られていることも知らずに暫くの間触り続け、再度小箱に仕舞った。

今度は真ん中の引き出しを開ける。

中から折り畳まれた布を出し、徐に広げると手拭い程の大きさになった。

薄い黄土色の生地に浮かび上がる赤茶色の染みが、嫌でも目に飛び込んでくる。

ふぁさり……。

祖父はすぐにその布を床に落とすと、目で追いもせず最後に一番上段の引き出しを開けた。

中には手紙らしき物が入っており、それを取り出すと祖父が頬を摺り寄せた。

楢崎さんの位置からでは、横を向いた祖父の表情は読み取ることができない。

しかし、一番大切な物だと感じられる程、顔を手紙に擦りつけ、その都度白髪頭が軽く上下に動いた。

初めて見る祖父の行動に、その場から動くこともできず立ち竦んでいた、その刹那。

向こう側を向いていた祖父が、驚く程の俊敏さで突如振り向いた。

——煌々《こうこう》と照らされた明かりの下。

彼を睨みつけるかの如く見据えたその目は、落ち窪み、爛々としていた。

痩せていた頬は更にこけて見え、日に焼けた顔はどす黒ささえ感じる。

その表情は普段見慣れていた祖父ではなかった。

「爺ちゃ……」

『……富三郎……お前だけは許さない……』

殺気を含んだ憎々しげな物言いに、言葉が詰まる。

〈富三郎〉とは、祖父の名前だ。

——正気じゃない。

楢崎さんは瞬時に理解した。

「爺ちゃん、どうしたんだよっ!?　なぁっ、爺ちゃんってば!!」

これまで一度も入ることのなかった部屋へと上がり込み、見開いたままの目をした祖父を揺さぶる。

「爺ちゃんっ!!」

一際大きく声を上げた途端、祖父の険しい表情が幾分和らいだ。

「……あ、あぁ、何でもない……」

一瞬、呆けた顔をし、何事かと辺りを見渡していたが、すぐにいつもの態度へと戻る。

〈大丈夫だから、早く出て行ってくれ〉

言葉に出さずとも、平静を取り戻した祖父の目がそう訴えているように思えた。

（もしかしたら寝惚けただけかもしれない……）

本能では違うと叫ぶ。……しかしそのときの彼は黙ってその場を離れるしかなかった。

（……あれって絶対銃弾だよな……。それって持ってていいのか？　いや、駄目じゃなかったっけ？　……あ、でも中が空だったら大丈夫、って聞いた覚えが……）

楢崎さんは部屋に戻ってからも、祖父の行動を心の中で反芻《はんすう》していた。

幼い頃から会話らしい会話もなかった為、そのような物を所持していた話など耳にした覚えはない。

かといって実の祖父とはいえ、先程の一連の場景は口にしてはいけない気がする。第一問い質したとしても、祖父は黙して語らないだろう。

（早く忘れたほうがいい……。そうだ、そのほうがいいんだ……）

考えあぐねた結果、誰にも言わないのが一番なのだという結論に達した。

実際、翌日の祖父は何事もなかったかのように振る舞っている。

だが、どんなに自分自身に言い聞かせても、記憶など簡単に消せはしない。

彼は祖父の部屋の前を通る度、〈あの夜〉の出来事を思い出していた――。

――そして、それから二週間程経ったある日曜日。

昼餉《ひるげ》の準備が整ったことを報せる為、祖父の部屋へ向かった。

しかし、襖の外側からどんなに呼んでも応答はない。

（まだ畑にいるのかな？）

襖に手を掛け、中を覗き込む。

やはり祖父は外にいるらしく、部屋は静まり返っている。

居間に戻ろうと踵を返す際、ふと箪笥の上の小箱に目がいった。

途端、忘れなければならない筈であった記憶が鮮明に甦る。

いけないとは分かっていたが、吸い寄せられるように足は境界線を侵し、手は小箱へ伸びる。

楢崎さんは周囲を気にしながら、恐る恐る一番上の引き出しを開けた。

そこには変色し、扇状に折り畳まれた一通の手紙が入っていた。

祖父が愛でるように顔を摺り寄せていたものだ。

旧字の行書体で書かれており、一目で古い物だと見て取れる。

しかし、内容どころか漢字すら満足に読み解けず、諦めて元の位置へ戻した。

真ん中の引き出しを開けると、以前見たときと同じく四つ折りにしてあった黄土色の布切れが出てきた。

元はもっと濃かったのであろうが、色褪せ、埃と黴の混じった臭いが鼻の奥にこびり付いた。

中心には小さな穴が開いており、その周囲だけ赤茶色に染まっている。

縁だけが少しばかり黒みを帯びている独特な染みは、乾いた後の血痕を彷彿とさせ、思わず眉を顰める。

彼はすぐに折り畳むと、再度引き出しの奥へ仕舞いこんだ。

最後に一番気になっていた三番目の引き出しを開ける。

そこには、先端の尖った一発の銃弾が、変色した油紙に丁寧に包まれていた。

何度も触っていたのだろう。艶めいて見える〈それ〉は、古さなど感じさせない程、鈍い光を放っていた。

(中は空だよな……大丈夫だよな?)

そうは思うが、やはり改めて手にすると時代の重みを感じる。

心臓の鼓動が早まり、どくどくと脈打っているのが分かった。

見てしまった後悔と満足感が入り混じり、複雑な心境のまま仕舞おうとした、そのとき――。

祖父が出していない筈の〈物〉が、目に入った。

丸いバッジ位の大きさなのだが、錆が多量に付着しており、元が何だったのかすら判別が付かない。

上へ、下へと目を凝らしている最中、耳が裏口からの音を拾った。

祖父が戻ってきたのだ。

彼は慌てて引き出しへ仕舞い、すかさず部屋を出ると、気付かれる前に居間へ戻った。

全て元の通りにし、何もかも完璧にした……筈だった。

「――京子さんかい」

数分後、祖父は居間にくるなり開口一番母親に訊ねた。

何も知らない母親は意味も分からず、口を半開きにしている。

「なら……箱を触ったのはお前か……？」

低く、くぐもった声で楢崎さんを見る。

顔はいつもと変わらず無表情で、話し方も抑揚はない。第一、何故バレたのかも分からない。だが、垂れ下がった瞼から覗き見える瞳は、彼だけを鋭く捉えている。

その目は明らかに怒気を含んでおり、嘘を吐く余地など与えなかった。

「……ごめんなさい……」

何事かと狼狽する母親を余所に、その言葉しか口から出てこない。

「……分かればいい……」

それだけ言うと、それ以上責め立てる真似もせず、無言のまま腰を下ろした。

祖父は昼餉を終えると、普段通り何も言わず自分の部屋へと戻っていった。

訳が分からず心配している母親を背に、祖父の後を追う。

正直怖かった。対峙して話すのも初めてのことだった。

しかし、盗み見したのは事実であり、しっかりと謝らねばならないと思ったのだ。

彼は黙したままの祖父に、勝手に部屋へ入り、小箱を見た経緯をたどたどしく説明する。

「〈あれ〉も見たのか……」

祖父は夜中の奇行まで見られた事実を知り、深く長い溜息を吐いた。

そしてそれまで封印していたであろう過去を淡々と語り始めた——。


最初に師団や部隊を説明していたが、まるで異国の言葉を聞いている印象を受けた。

ただ祖父が大東亜戦争時、陸軍に所属していたことだけは理解できた。

最初は優勢であった戦局も目に見えて悪化し、このままでは敗戦するのも時間の問題となった。

そんなとき、祖父は所属していた部隊で、とある島を拠点に戦うことになったという。

彼は授業で習った思いつく限りの島を挙げてみたが、祖父は首を横に振った。

「名前など当時のまま残っているのかどうか……。今でも語り継がれるような所ではない、本当に小さな所だったたんだ……」

海峡に点在していた島々。そこには隣り合うようにして、大小二つの島があったらしい。

その場所は敵の戦艦や輸送船が通るルートを挟み合う形で位置していた。

勝利を目前としていた敵軍は、通過する近隣の島々を次々と制圧していく。襲われる拠点が少なければ、物資の補給も迅速且つ安全に行える。それ故、どんな小さな島でも、見過ごす訳にはいかなかったのだ。

敵軍は一つ一つ上陸しては、日本兵が潜伏していないか確認し、見つけ次第その場で戦闘となっていた。

祖父の所属していた部隊は、その二つの島に先回りし、死守することを命ぜられた。敵の足止め及び、殲滅作戦を行うのが目的であった。

主力の兵は大きなほうの島へ残り、祖父を含めた三十人程は別働隊として小さな島へ移動することとなる。

「小さい、といっても、周囲は草木に覆われたジャングルみたいな所でな。ウロウロしていつ敵兵とばったり会うか分からないような場所だった……」

暑苦しく、緊張や興奮で眠れない日々が続く。

次第に朦朧としていく意識の中、時折銃声が鳴り響く音で我に返る。

またさほど遠くない隣の島からも、耳を劈《つんざ》く着弾の音が昼夜問わず聞こえてくる。

様子から察するに、大きな島のほうでは激戦となっている。それもかなり劣勢に思えた。

祖父の配置された島でも敵軍の攻撃により、日本兵の死者が出始める。

戦友の遺体に蛆《うじ》が湧き、腐敗していく様を見るにつれ、(次は自分かもしれない)といった強迫観念に襲われた。

常に死と隣り合わせの毎日に神経をすり減らす。

少しでも物音がすれば、すぐに敵か味方の区別を付けなければならない。

軍服に泥を擦りつけ、草木と一体になりながら、息を殺し銃を構える。

仲間と散り散りになって待ち伏せ、上陸してくる敵を方々から迎え撃っていた。


「——そんなときだ。吉次が銃弾を手で丁寧に磨いているのに気付いたのは……」

吉次、という人は常に祖父とともに行動していた戦友だった。

二人は草むらに隣り合って身を潜め、敵兵を見つけた途端、気付かれる前に狙撃する。

別な場所にいる仲間も我先にと攻撃するが、誰が撃った弾が致命傷になったのかすぐに分かった。……それだけ吉次は誰もが認める凄腕の漢だった。

祖父が理由を訊ねると、吉次は痩せ衰えた顔に笑みを浮かべて答えた。

「こうして弾を詰める前後に撫でてなぁ、念を込めるんだよ……。『当たれぇ、当たれ』ってな。……そしたら弾も俺の気持ちに応えてくれるんだ」

——だが、吉次の命運も尽きる時がきた。

二人は、辺りを窺いながら歩いてくる敵兵を見つけた。

瞬間、一発の銃弾の音が鳴り響く。

しかし、弾は敵兵の脇を通り過ぎ、それに気付いた相手はすかさず祖父達目掛けて銃を乱射した。

……一発の弾は祖父の左上腕部を貫通していった。

敵兵はすぐに他の仲間からの集中砲火を浴び、その場に倒れ込む。

流れ出る血を押さえていた祖父は、胸部に銃弾を打ち込まれた動かぬ戦友の姿を見た。

……吉次は即死していた。

すまんなぁ、すまんなぁ……。

一緒に命を賭して戦った友の亡骸を前に祖父は何度も謝った。

あとほんの少し弾がずれていたら、今の吉次は自分自身であったかもしれない。

自分だけ助かってしまった申し訳なさに、身体の何処にそれだけの水分が残っていたのかという程、涙が止めどなく溢れ出た。

祖父は無造作に腕を縛っただけの応急処置をした後、吉次の亡骸を木の下へ置いた。

忘れないように……と、その木にナイフで吉次の名前を刻む。

埋める暇などはなかった。第一、その音で敵に居場所を気付かれる恐れもある。

祖父はせめて遺品だけは持っていたいと、血だらけになった吉次の服を剥ぎ取った。

弾も残り少なくなっており、吉次の弾をそのまま譲り受けた。

当時は物資の補給も満足に行われなかった為、銃弾一つでも粗末にはできない。

その為、亡骸から必要な物を調達するのも、ごく当たり前のことだった。

ただ、たった一つの銃弾から、装薬と雷管を抜いた物だけは〈御守り〉として肌身離さず持ち歩いた。

——それから祖父は、吉次が行っていた動作を真似るようになる。

当たれ、と念じながら、丁寧に弾を撫でる。

その甲斐あってか、吉次の御守りの効果があったのかは定かではないが、祖父はいつも間一髪で難を逃れることができた。

しかし精神や肉体は、既に限界に達していた。

武器もなく、負けると分かった戦に、もはや抵抗する気力すら残ってはいなかったのだ。

祖父達は次々と上陸してくる敵兵に背を見せ、鱶《ふか》のいる海へ身を投げた。

必死に泳ぎ続け、別な島へ辿り着いたときには、拠点としていた島の生き残りも含め、五人も残ってはいなかった。

だが、助かったと安堵する間もなく、すぐに敵兵が追ってくる。

――祖父は両手を高く掲げ、降伏の意を示した。

裸同然で小さなナイフが一本あるだけの彼らは、自決するより捕虜となっても生きる道を選んだのだ。

……祖父は嗤った。泣きながら声もなく、ただ、嗤っていた――。

「それからは捕虜としてあちこち連れ回されて……。そうこうしているうちに終戦になったんだ……」

祖父達の待遇は決して悪いものではなかった。

「他の所で捕虜になった人は酷い目に遭った人もいたというが……。儂らは寝床も、食べ物も与えてもらった」

そして終戦から二年の後、祖父は日本へ帰ってくることができたのだという。

隠し持っていた御守りの銃弾と、布切れになってしまった吉次の服とともに……。

それから祖父は吉次の家族を探し出そうと躍起になった。終戦当時は〈人探し〉が多く、情報交換も盛んに行われていたが、なかなか見つけ出すことができなかった。

――漸く吉次の家族と出会えたのは、終戦から既に五年の月日が過ぎた頃だ。

吉次の両親は既に空襲で他界しており、奥さんだけしか身内と呼べる人はいなかった。

彼女に吉次の活躍と、立派な最期を告げ、形見である布を渡す。

「これはあの人の最期を見届けて下さった、貴方が持っていて下さい」

彼女は涙を浮かべつつ、銃弾の痕が残った部分だけを切り取った。

そして徐《おもむろ》に手紙を書き綴ると、帰る間際の祖父に手渡した。

「それがお前の見た手紙と布……そして御守りとして持っていた中身のない銃弾だ」

祖父は銃で撃たれたであろう、左腕を擦りながら話を終えた。


確かに祖父は昔から左手を動かす際、ぎこちなく見えるときがあった。

しかし、祖父の醸し出す雰囲気が訊くことを拒んでいるようで、口には出せず仕舞いであったのだ。

更に夏場の暑い日でも、常に長袖を着用していた為、腕の銃痕など気付きもしなかった。

掛ける言葉も見つからず、しんみりと話を聞き終えた瞬間、ふと違和感を覚える。

「あれ？　爺ちゃん、あの錆だらけの物は？　あれは何？」

銃弾と一緒に入っていた、丸いバッジのような物のことは一切話に上がってこなかった。

「……知らん」

「……は？」

「いつの間にか入っていたんだ。……いつからあったのかも記憶にはない」

祖父は、夜中になると知らない間に身体が動くのだと説明した。

「日本に戻ってきて、吉次の奥さんに会ってからなんだ。……それまではこんなこと一度もなかった」

既に結婚していた祖父が揺り動かされて目覚めると、遺品の前に立っている自分がいる。その都度、祖母から楢崎さんが見た光景と同じ説明をされるが、本人は全く覚えがない。吉次の遺品と奥さんから貰った手紙の場所を変えても、一向に収まる気配は見られない。祖母は〈あの台詞〉を含め、罪の意識からくるものだと思ったらしく、様子を見るだけに留めた。

……しかし、状態は良くなるどころか、次第に表情をなくし、口数も減っていく。息子が成長し、結婚を機に同居話が上がったときには、既に楢崎さんが知る現在の祖父の姿となっていた。

同居してからも祖父の奇異な振る舞いは変わらない。

祖母は息子夫婦に見られることを危惧し、祖父とともに部屋へ籠もり、家族と距離を置くようになった。

万が一見られても不審がられないように、遺品の数々は漆塗りの木箱に入れ、昔を懐かしんでいるのだと思わせる工夫もした。

正直に打ち明ければ良かったのだろうが、あくまで祖母は沈黙を貫き通した。

その祖母も楢崎さんが生まれてすぐに亡くなり、無愛想になった祖父の居場所は畑と部屋だけになった。

「……儂にも分からんのだよ……」

——項垂れ、そう告白した祖父は、まるで役目を果たし終えたかのように、一週間後、息を引き取った。

安らかな眠りとは程遠く、心臓の辺りを押さえ、苦痛の表情を浮かべた死であった。

祖父の死に、連絡を受けた父親はすぐに駆けつけてきた。

しかし仕事の立場上、長期間の休みを取ることもできない。

「片付けはお前達に任せるから。何か分からん物でも出てきたら、後で俺が判断する」

慌ただしく葬儀を終えた父親は、納骨も待たずして現場へと戻っていった。

物に対しての執着などもなく、祖父の遺品についても一切触れることはなかった。

落ち着いてきた頃を見計らい、遺品整理の為、楢崎さんは母親とともに祖父の部屋へ足を踏み入れる。

「……もうっ！　忙しいのは分かるけど……って、あら、これ、何かしら？」

母親は文句を言いつつも、初めて見る祖父の持ち物を興味深げに見て回る。

そのとき、不意に母親の目が小箱に向けられた。

（あっ！）

一緒に手伝いをしていた彼の脳裏に、夜中の奇行と祖父から聞いた話が一瞬にして駆け巡る。

「あら……これ、手紙だわね」

一番上の引き出しに入っていた手紙を手に取ると、斜め読みし始めた。

「これ、誰かしら、吉次っていう人。……その人とお義父さん宛てに書かれてるのね」

全ては分からなかったが、母親が紐解く限り、立派に散っていった吉次への愛の言葉。

そして共に戦い、居場所まで探し当てた祖父への感謝の言葉が書かれていたらしい。

「昔でいうと、まるで、その亡くなった吉次……って人への、恋文のようね」

何も知らない母親が何げに放った言葉が胸に沁みる。

次に取り出した服の切れ端を見、最初の彼同様母親も眉根を寄せた。

「これって……」

それまでとは打って変わり、沈痛な面持ちになると、再度小箱へそっと戻した。

最後に油紙に包まれた銃弾と、錆だらけのバッジを取り出す。

……暫しの間、重苦しい空気が流れる。

「……この箱、お父さんに相談しましょ。……勝手に処分する訳にもいかないでしょう」

こくりと頷く彼を前に、母親は更に中を確認している。

(え?)

驚く彼に、母親は一本の黄ばんだ〈歯〉を取り出した。

途端に小さな悲鳴を上げる。奥歯を彷彿とさせる平らな形で、かなり古い物に思えた。

母親は触っているのも不快とばかりに、すぐさま小箱へ戻す。

もう終わりだろう……と思ったのも束の間、母親は尚も引き出しの中に手を入れている。

(はっ? まだあるの!?)

彼が知っているのは手紙、布、そして空の銃弾と、錆びた〈何か〉だけである。

歯が出てきただけでも吃驚《びっくり》しているところに、更に取り出した〈物〉。

……それは、長く伸びた真っ黒い〈爪〉であった。乾ききった泥もこびり付いている。

遺品整理も忘れ、言葉を失う二人に電話の着信音が響いた。

父親が高所作業中に転落し、重体を報せるものだった——。

幸いにも一命は取りとめた。……が、足を滑らせた際、左半身を強打したらしく、奥歯が抜け、何かを掴もうとしたのか爪が剥がれていた。

「安全帯はちゃんと付けてたんだ！」

父親は何度も訴えたが、現場監督の地位も降ろされてしまった。

左腕にも後遺症が残り、結果的に仕事を辞めざるを得なくなってしまう。

「落ちる前に聞いたんだ。『……富三郎……お前だけは許さない……』……って」

左腕が不自由となった父親は、その言葉を何度も繰り返した。

家に戻ってきても、歯や顎に受けた傷の影響からか、大好物であった肉も食べられなくなってしまった。

引き締まっていた身体は筋肉を失い、頬も痩せこけ、目だけが爛々としている。

豪胆で明るい面影も今は見る影もない。笑うことを忘れ、日に日に口数までも減っていく。

何とか元の性格に戻ってほしいという家族の願いも虚しく、父親は祖父の部屋に籠もり、時折庭の畑へ赴く。

その姿は生前の祖父、そのものに思えた。

——あの小箱は、今でも洋服箪笥の上で、父親とともに静かに時を刻んでいる。

そして楢崎君は祖父の話を思い出す度、最後まで語られなかった部分を考える。

極限状態に置かれた戦友二人に、何があったのか。
更に、吉次が亡くなる原因となった一発の銃弾。
それは一体、〈どちらが〉撃った弾だったのだろう、と……。

収集家たち

久美子の父、信吉はかつて高校教諭だった。
地理、歴史全般を生徒に教えていたが、専門は日本史である。
信吉が定年退職後から始めた〈アイテム収集〉が家族の悩みの種だった。
今、信吉の主戦場は学校からネットオークションに移っている。

父が見つめるノートパソコンのディスプレイを久美子が覗き込むと、そこにはズラリと〈アイテム〉が並んでいた。

「パパ、またやってるの……」

「うん。この銃刀、渋いだろ。流石に買わないけどな。刃物は何か怖いだろ。おっちょこちょいな母さんが何かの間違いで怪我でもしたら大変だ。それよりこの木銃がな……年代不明って書いてるけど、色味からしてまあ旧日本軍が使っていたものだろう。うわ、もうこんなに値が上がってるよ」

参ったな、と頭を掻いてはいるものの父の表情からすると、如何にもこれから入札しそうだ。

久美子は呆れるほかない。

優しく、何事もしっかりこなす父から老後の楽しみを奪うつもりは毛頭ないが、既に大小様々な薄汚れた国旗や、指揮刀、勲章、ヘルメットなどが家に集まっている。父の部屋にはそもそも大量の書物がある為、自然とそれらの〈アイテム〉が、居間の片隅や玄関横などを占領し始める。

既に庭の物置小屋には、ダンボール箱に整然と詰められた国旗や腕章、軍帽などが山と置かれていた。

まさに旧日本軍による家庭侵略である。

「おいおい。これ面白いぞ」

父が指さす文字列は、

旧日本軍関連物詰め合わせ。当方、この方面に知識がない為に、用途、真贋《しんがん》、年代不明です。

というものだった。

「何が面白いの？」

「開けてビックリ玉手箱だよ。わくわくするじゃないか。写真からして、何か細かいものが一杯入ってそうじゃないか。値段も安いし、こんな怪しいもんならそうそう高値にはならんだろ。ポチッとしてみるよ」


一週間後、品物は滞りなく届いた。

「久美子ぉ。ほらほら、例の玉手箱だぞぉ」

「あら、思ったより大きい箱なのね。良かったじゃない」

子供が一人入れそうなほど大きなダンボール箱だった。父が一人で抱えられるくらいだから、恐らく見た目ほどの重量はないのだろう。

「開けるぞぉ」

リビングの床に箱を置いた後、信吉はもったいぶって久美子にそう言った。

〈アイテム〉に興味はないが、前々から話題に上がっていただけに、久美子の好奇心が疼《うず》いた。

信吉は慣れた手付きでガムテープを剥がした。

そして、いざ開梱という段になったところで父の動きが、ふっ、と止まった。

そしてゆっくりと顔を上げ久美子の後方に目を向けると、

「久美子。お前の友達か?」

と言った。

何のことかと振り返ると、灰色のトレーナーを着た小太りの男が久美子が座るソファのすぐ後ろに立っていた。

「ち、違う……」

久美子は上擦った声で父へ返事をした。

「そうか……まあ、いい」

そう言いながら、父は箱の口を開けた。

信吉は箱に手を差し込み、物々しい手付きで沢山の〈アイテム〉を箱から取り出した。

ワッペン、小さな何かの部品、指揮棒、色褪せた地図、などなど。

信吉は手に取った一つ一つにじっと目を凝らし、ふぅん、や、ほう、など感心したような声を上げる。

久美子はそんな父の姿を見つつも、後ろの男に怯えるばかりだ。

「いいもんばかりだ。間違いない。全部、旧日本軍が使用した本物だよ」

久美子がその言葉を耳にすると、ふっと背中に感じていた脅威が消えた気がした。

再び振り返ると、男の姿はなかった。

「パパ……さっきの男の人、誰？」

「分かんないけど。多分、この箱の持ち主じゃないかなぁ。出品した女性の方がメールで書いてたんだよ。この箱は息子さんの形見の品なんだって」

「え？　何？　今のってじゃあ……」

「まあ、そうなんじゃないかなあ。断言はできないけど。でも、パパくらいまで生きてると偶にこういうことあるもんだよ」

何にせよ、良い買い物をした。

信吉は微笑みながらそう言った。

自慢の祖父

話は二十年程前に遡《さかのぼ》る。

当時中学生だった西原さんは、社会科の授業で大東亜戦争について学んでいた。

しかし大まかな説明のみで終わってしまい、すぐに現代史へと移り変わった。

ただ教師も思うところがあったのだろう。四人一組の班を作り、それぞれ戦争についての体験談や資料などを持ち寄ってくる課題を出してきた。

だが、戦後五十年近く経っており、彼の周囲で詳細を語られる人はなきに等しい。

実際に戦争に関わっていた人など、記憶の片隅にも浮かんでこなかった。


「──俺の爺ちゃん、零戦に乗ってたんだぜ～？　お前ら、知ってる？　零戦！」

放課後になり、同じ班になった巻田君が得意げに鼻を膨らませた。

西原さん始め、誰もがその言葉に飛びついた。

「爺ちゃんさぁ、名手って言われる程、すっげ～パイロットだったんだって！」

巻田君は父親から常々聞いていたであろう祖父の武勇伝を、身振り手振りを交えつつ話し出す。

「すっげ〜!!」「カッコいいな、お前の爺ちゃん!!」

西原さん達にとって〈実際に戦っていた事実〉だけが重要だったと言える。

「……じゃ、お前の爺ちゃん、特攻とか……そういうので死んじゃったの?」

「いや、何か無事に戻ってこられたらしいんだけど……。ホラ、戦争が終わった直後のゴタゴタもあって、事故で死んだんだって」

どうにも曖昧なところは見受けられたものの、課題のテーマは〈巻田君の祖父の話〉に決定した。

課題の発表は一週間後。彼らは翌日、胸を躍らせながら巻田君の家へ訪問した。

すぐさま待ってましたとばかりに、仏間へと通される。

そこには名パイロットだったであろう、軍服に身を包んだ若かりし頃の祖父の遺影も飾られていた。

「本当は父さんも一緒に……って話だったんだけど、仕事が休めないからって」

仏間には大きなテーブルにお菓子やジュースが用意されており、各々が腰を下ろす。

「俺の爺ちゃんさ……こう、敵機に狙われても見事に躱《かわ》してさ。後ろを取られたときは、ホラ……背面飛行とか宙返りとかして、反対に相手の後方に回り込んで撃墜してたんだって！」

雑談する間もなく、巻田君は祖父の活躍を饒舌《じょうぜつ》に語り出す。

「とにかくさ、父さんの話だとアクロバット飛行っての？　そういうのが得意だったみたいでさ。銃撃戦も負けなしだった、って!!」

あたかも自分が実際に体験してきたのかと思わせる臨場感溢れる話し方に、皆思わず息を呑んだ。

話に引き込まれ、戦場の光景がありありと浮かんでは消えていく。

（――ん？）

そんな中、いつの間に部屋に入ったのか、気付くと西原さんの横に見知らぬ人が立っていた。

七十歳近い老爺で、少し黄ばんだ白いランニングシャツに、よれよれのズボンを穿いている。

巻田君は話に夢中になっており、他の友人もメモを取るのに必死で一切気が付いていない。

（近所の人か、お母さんのほうのお爺ちゃんなのかな？）

白い無精髭を生やし、無表情のまま聞き入っている姿を見て、単純にそう思った。

『――儂は零戦に触ったことはあるが、一度足りとて乗ってなどない……』

老爺は西原さんの隣にちょこんと座り、しわがれた声でぼそりと呟く。

(へぇ……このお爺さんも戦争に行ってたんだ)

「でよ～……なぁ、お前、聞いてる? こっからがいいとこなんだって!!」

巻田君に急かされ、慌てて視線を戻す。

老爺を見ても驚きもしないことから、やはり知人か誰かなのだろう。

『あの時代は学徒動員やら、疎開やらで大変で……』

懸命に話を続ける友人を余所に、すぐ隣では老爺の言葉が嫌でも耳に入ってくる。

「でさぁ、敵機に囲まれたときも宙返りで反対に相手を次々とやっつけたんだって!」

『いやいや、儂は整備をしていてなぁ……』

巻田君が話を続ける度に、一々覆す物言いをする。

所々聞いたことのない単語が出てきたが、話から察するに整備兵だったのは分かった。

一番下っ端故、機体の整備だけでなく、食事の支度や掃除など様々な雑用をこなしてきたとも言っている。

「……で、無事に戻ってきたのはいいんだけど、ホラ、言っただろ? 戦後のドサクサに紛れて命を落としたって……」

『いや……あのときは、一人息子と妻の為に新しい家を建てようと思ってねぇ。……まぁ、恥ずかしながら、儂のちょっとした不注意で材木の下敷きになって……。打ち所が悪かったのか、そのまま……』

次第に俯いていく老爺を尻目に、漸く件の祖父だと理解した。

(……ってことは、あの名パイロットっていう爺ちゃん!? ……え、でも年齢が……)

『――貴方の言いたいことは分かります。……儂はもっと生きたかった。生まれたばかりの子供の成長を見たかった。……その一心で傍にいたら、いつの間にか一緒に歳を取ってしまったようで……』

西原さんの疑問を見透かした老爺は、少し恥ずかしげに白いごま塩頭を掻いた。

「ちょっ、あのさっ……」

確かに見目から言っても、生きていれば今くらいの年齢だろう。

第一、そこまでの名パイロットが何故無事に戻ってこられたのかも普通なら疑問に思う筈。

生きて帰還したのなら、軍服姿の遺影も些《いささ》か不自然である。

躊躇しつつも、他の皆に事の真相を話そうとした、その瞬間。

それまで優しかった祖父の眼が鋭く変貌した。

枝のような手で肩をがっしり掴み、彼を見据えたままゆっくりと首を横に振った。

『妻は〈父親は零戦のある場所で、御国の為に戦っていた〉と教えとったんです』

「はっ!?」

——どうやら幼かった巻田君の父親は、〈零戦のある場所〉を〈零戦に乗って戦った〉と、思い違いしたまま育ってしまったらしい。

時が経つにつれ、漫画やテレビなどで観る勇猛果敢なパイロット姿を、亡き父親と重ね合わせてしまったのだ。

『息子は儂を凄腕の戦闘機乗りだったと信じ、今でも誇りに思ってくれとるんです。……それを孫に伝えただけで……』

「でも……だって……」

祖父は、釈然としない想いを抱えている西原さんに柔和な眼差しを向けた。

『知らないほうがいい真実ってものもあるんです。……どうぞ、年寄りの最期の願いだと思って、この事は誰にも話さんで下さい』

(年寄りの最期の願いって……もう死んじゃってるじゃん!!)

深々と頭を下げる祖父を見、それ以上何も言えず心の中だけで突っ込みを入れる。

巻田君は祖父を零戦の名手だと自慢し、戦後の混乱で亡くなったのだと信じて疑わない。

友人達はその話を聞き、不謹慎ながらも戦争話に目を輝かせ鵜呑みにしている。

しかし西原さんだけは、当の本人から詳細な事情を聞かされてしまった。

結局その日は、終始祖父から監視の目で見られたまま、話を聞く羽目となる。


その後も家や学校で、親や別な友人に全てを打ち明けようと試みたこともあった。

しかしその度に祖父が現れ、彼の肩に手を掛けてくる。


『言っちゃ駄目だ』

声には出さずとも、皺だらけの表情から哀願にも思える感情が伝わり、彼はやむなく口を噤《つぐ》む。

――そして真実を話すこともできず、悶々とした心境のまま発表の日を迎えた。

「へぇ、よくそこまで調べたなぁ。お爺さんは凄い人だったんだな」

纏めた資料も見ず、巻田君は鼻息荒く皆の前で熱弁を揮《ふる》い、教師も感心している。

西原さんはその間、一切口を開かなかった。……いや、〈開けなかった〉。

後ろに祖父がおり、彼の両肩をがっちりと掴んでいたからだ。

それ以来、巻田君の祖父の話をしようとすると、必ず本人が現れるようになった――。

更に時は過ぎ、彼は社会人となった。

それまでの経験上、巻田君の祖父の話は封印し、自分の胸の内だけに留めておいた。

知られたくないのなら何故教えたのか。老爺に対し理不尽な感情すら覚える。

だが、その反面（誰か一人にでも本当のことを知ってほしかったのでは？）といった考えも頭を過ぎる。

とにかく誰にも言わないことが最善の策であり、それを実行するよりほかなかった。

しかし、酒は時に禁忌を犯してしまう。

彼は親しい同僚とともに飲み屋に行った際、酔った勢いからつい中学時代の出来事を話してしまった。

からかい、冗談としてしか受け取ってくれない同僚達を前に、溜息を吐き肩を見せる。

——右肩には五本の指の跡が、くっきりと浮かび上がっていた。

〈それ〉は内出血を起こしたのかと見間違う程青黒く変色している。

話している最中、肩には一切手を触れていない。

試しに……と力を入れて肩を数分間掴んでみたが、同じような状態にはならなかった。

「——話してる最中もさ、ずっと俺の横に立って掴まれてたんだよ。……で、今も俺の横に立ってる……」

言葉を失っていた同僚達に低く告げる。

巻田君の祖父も同時に歳を重ねたのか、以前遭ったときよりも皺が深く刻まれ、更に老けて見えた。

「こんな短時間で、あんな風にはならないだろ？　予め仕込んでたんじゃねーの？」

「いや……この痣ができるから、あの爺さんがいる証拠になってたんだ。……あぁ、やっぱりまだいるんだ、って……。別に痛みもないし、数日経つと勝手に消えるから」

疑問を投げかける同僚に対し、半ば諦めた表情で説明した。

そしてもう一つの証拠。――それは半身にだけ生じる粟粒だった。

実際、酒の勢いに任せ話してしまっていた間中、肩を掴まれ毛穴が浮き出た状態となっていた。

「――だったらさ、要はその巻田って奴と、地元の奴らにさえ知られなければ、それでいいんじゃね？　嘘がバレても問題ない奴になら話したって問題ないだろ？」

暫く唸っていた同僚の一人が素朴な答えを導き出した。

途端。それまで消えなかった祖父の存在がスッと一瞬にしてなくなった。

一番驚いたのは西原さんである。

言わなければいい……それだけを忠実に守ってきた挙げ句、こんな簡単な理屈で姿を消すとは思ってもみなかったのだ。

「いや……相変わらず歳は取ってたみたいだし……寿命、とか？」

重苦しい沈黙を打ち消し、別な同僚が眉を顰め首を傾げた。

あの世にも寿命があるのか。

それとも成仏したのか、気付いて納得したのかは分からない。

ただ、その日以降、巻田君の祖父の話をしても、二度と彼の前に姿を現すことはなくなったという。

ソラ

昭和三十五年頃の話。

まだまだ石炭景気で北九州は活況であり、製鉄産業を基盤として街は日々成長していた。

小倉城天守閣の再建も成って、人口流入夥しい当時の小倉市へ、波賀さん一家は近隣の炭鉱町から移転してきた。

炭鉱夫相手の飯屋を経営していたのだが、店舗の改装時期に丁度「小倉にいい出物がある」という話があり、思い切って都市部に進出したのだった。

とはいえ、その物件もまた古い店舗付き住宅であり、厨房の改造費等は予想以上に掛かったらしい。

これはその改築以前に、家族でその家に泊まり込んで片付けをしていた数日間にあった話だ。

波賀さん一家は、祖父の善治さん、その長男夫婦、そしてそのまた一人息子の一三《ひとみ》さんの四人家族だった。

「結構、ガラクタが残っているな」

二階の押し入れから古い夜具等を引っ張り出し、三間全部のそれを掃除して、自分達の布団を押し込む。

開け放った窓のほうを見ると、狭い通りを挟んで向かい側の洋裁屋と、立ち飲みのできる酒屋の看板が正面にあった。一三さんが窓枠に乗って庇《ひさし》の外に伸び出してみると、その向こうには瓦とトタンの入り混じった煤《すす》けた屋根の連なりがうねるように広がっていた。

「店ばっかりだ」

生まれ育った炭鉱町は人こそバッタのようにうじゃうじゃいたが、店舗というのは数が揃っていなかった。その一塊がぽつぽつと地区に分散していたので、一三さんには目の前の光景が壮観に思えた。

一三さんはこのとき十二歳だった。六年生の二学期からこちらの小学校に編入になるが、そういう境遇の子は実にありふれていたので、特段苦にはなっていなかった。

家の前の狭苦しい通りをビール瓶を満載にした青いオート三輪が人並みを縫ってのろのろと進んでいるのを見下ろしていると、道にはみ出して立っている電柱の辺りで反対側から進んできた乗用車とお見合いになって立ち往生になった。通行人が頓着しないのだ。

これでは、引っ越し荷物の運び入れなどは、人気のない夜でないと無理なんじゃないかと思った。布団だけは一三さんが母親に連れられてきたときには既に一階に置いてあったが、何処から運び入れたのだろう。

一階へ下りていくと、モンペ姿で不要品の類を南京袋《ドンゴロス》に詰めていた母が、

「手が空いているなら、これ、裏へ持っていって」と、すぐに一三さんを見つけて言った。

「裏?」

「厨房の奥に勝手戸があるから」

言われたほうへ行くと、がらんとした土間だけの厨房跡があり、木の扉が磨り硝子の窓に挟まれて半分開いていた。

重い南京袋を引き摺って、それを出ると、狭い通路が通りとの反対側へと長々と続いていた。通りのほうからは入れないように板壁で潰してある。その前に一升瓶を詰め込んだ古い木の運搬箱が積み上げられており、雨に晒されて半ば朽ちていた。

砂利を蹴散らしながら通路を進むと、また通りが見えてきた。幾分、人通りは少ないようだった。その手前側、店舗二軒分くらいが、柵もされていない空き地になっている。壊れた食器棚や什器《じゅうき》類がその隅に積み上げられ、祖父の善治さんが傍にいて煙草を吸っていた。

「ここに置いておけ」

「どうするの、これ？」

「何日かして、片付け屋が取りに来る」

「ふうん。引っ越しの荷物は、こっち側から入れるんだね」

「そうだな。まあ、そんなに大きな家具なんてないしな」

「厨房は？」

「材料だけ運び込んで、中で大工に作ってもらう」

　善治さんは、このとき六十歳だった。食堂を始めたのは戦前からだが、それは四十を過ぎた頃だった。息子の芳明さんが終戦時で十六歳。

　最悪の時期に家族を兵役に取られることを、自然に免れてきた一家だった。

　夜になって、祖父と父は隣近所の挨拶回りだと言って出かけていった。飲み屋も多い地区だから帰りも遅いだろうということは見当の付く年頃だった。

　母がその思惑の逆手を取って店屋物の鰻丼を頼んでくれて、みかん箱を卓袱台にして二人で食べた。

「まあ、お祝い日みたいなもんだからねえ」

　それまで鰻は食べる機会がなく、こんな旨いものがあったのかと吃驚して、蒲焼きを掻き込んだが、食べ終えてしまうとすっかり宴の後のような気分になってすることもなくなった。銭湯が近くにあるのだが、疲れているのか母は今日はもう寝ようという。寝間着に着替えて、母の隣の布団に入った。だが、環境が変わり過ぎたせいかどうにも寝付けない。

家のすぐ外では喧噪が続いていて、時々酔っ払いの集団が騒ぐ声が聞こえていた。母親が寝息を立て始めたので、むっくりと起き出し、床を軋《きし》ませないように気を付けて階下へ降りた。

まず便所へ行って、戻ってきた際に外の街灯の光に照らされた家の中を見回す。すっかりがらんどうに近いが、一間だけある四畳半にまだガラクタの類が残っているのが見えた。そこへ行き、仮に付けてある裸電球を点す。床から剥がして立て掛けられた畳の前に、古い難解そうな小説雑誌や帳簿類の山があった。暫く漁ってみるが、興味を引くような物は特にない。

「……この家には子供はいなかったのかな」

視線を移すと、開け放たれた押し入れの他にも、壁に小さな納戸らしきものがある。近寄って、その引き手を持ってからすぐに、何故かそれまで感じたことのないような厭な気分がした。

しかし、思い直して開けてみた。古い家の薄気味悪さには慣れている。

するど、黄ばんだ無線関係の雑誌らしきものが十数冊並べて置いてあり、その上段の区切りに何か金属製のシャーシで組まれた機械部品のような物が押し込めてあった。

「……?」

恐る恐る引き出してみる。それは、どうやら外ケースのない剥き出しのラジオのようだった。アルミの骨組みらしく、大きさに比して意外と軽い。

真空管が何個か並んでおり、スピーカーもある。コンデンサーやトランスなどがゴチャゴチャと並んで訳の分からない配線がそれぞれを繋いでいた。全く電気回路の知識がないので、何が何やらである。

世間ではもはやトランジスターラジオが全盛である。これもガラクタなのは当然の理《ことわり》で、処分しないといけないなと思った。

それに電源コードが何故か途中で切ってあり、ひょっとして通電すると危険なのかもしれない。古い真空管ラジオが火を噴いたという話は、聞いた覚えがあった。

だが、どうした訳か一三さんは、その剥き出しのメカニカルな感じが甚《いた》く気に入ってしまった。特に真空管の、ガラスチューブの中に金属板を封じ込めた未来的な何かが、ぞくぞくするほど良かった。

裸電球の光にかざして、しげしげとそれを眺めているうちに真空管の表面に白い文字でカタカナが浮かんでいるのに気付いた。酷く掠れていて、辛うじて読めるその文字は……。

「……ソ、ラ?」

「こりゃあ、自作のラジオだな。……というか、受信機と言ったほうがいいのか」

翌日、一三さんが差し出したそのシャーシを見るなり善治さんは言った。

「終戦直後に出回った軍用のタマを使っているからな。メーカー製のラジオがまだなかったので自分で作ったんだろう」

「タマ?」

「真空管のことだ。これは『ソラ』、海軍の航空機用の奴だな。零戦にも積んであった」

「へえ」

善治さんは、戦前兵役を終えるまでは通信兵をしていたのだった。そのため電気関係の知識はあったらしい。だが、このラジオらしきものが出てくるまでは、そんな話は一切したことがなかった。

「戦闘機に真空管なんて使ってたんだ」

「……使っているも何も、あの戦争は謂わば真空管の性能の差で負けたようなもんだ」

「どういうこと？」

「通信、方位探知、レーダー、全部真空管が使われている。米軍は、砲弾の中にまで真空管を入れたんだぞ。近接信管、所謂VT信管と言う奴だ。電波を放射して対空砲弾が飛行機の十五メートル以内に入ると命中しなくても爆発する。……こいつのせいで、どれだけの損害が出たことか」

「……」

　普段寡黙な善治さんが、難しい用語をポンポンと口に出すので一三さんは少し驚いていた。

「あの頃、トランジスターがあったらなあ。戦争中は九四式という無線機を使っていたが、送信機と受信機をそれぞれ一人が持つんだ。それに電源。今聞いたら笑うだろうが手回し発電だった。これもその担当がいるんだ。真空管もでっかいガラスのST管という奴だ」

「……何だか、勝てる気がしないね」

「もっと言えば、無線機一台に付き有線の通信機が三台という構成だったな、我が陸軍は」

「有線って？」

「電線を引いていくんだ。背中にリールを担いで、それが尽きるまでひたすら走る。現役の頃散々やらされたよ。延線というんだが、出来上がりは要するに電話だな。アメリカ相手に相変わらずのそれでは、幾ら何でも悠長過ぎたよ」

そして、改めてまたそのアルミ製のシャーシの中身を眺めて、善治さんは唸った。

「これを作ったのは、やはり通信兵上がりかな？　……よくできているが、感電したり火を出したりするかもしれん。……捨てるんだな」

やっぱりか、と思い、仕方なく一三さんは「分かった。そうする」と返事をした。

また家の片付けが始まり、その最中に一三さんはラジオを抱えて自宅横手の通路に出た。

例のゴミ捨て場に行く為であったが、途中で歩みが遅くなった。

真空管だけ、取っておこうかという気持ちが湧いたのだった。

その場に屈んで、シャーシの間に指を突っ込む。

――取り付けてある真空管って、ただ単に引っこ抜けばいいのだろうか？

『ソラ』の頭を摘まんで、じんわり捏《こ》ねていると、一瞬そのガラスの内部が赤く光ったような気がした。

そして、すぐにスピーカーからジャリジャリとした雑音が漏れ、若い男の声で、

「テンジョウウラ」と、言葉を発した。

一三さんは、一瞬きょとんとしたが、ことの異常性に気付いてラジオを放り出した。

衝撃で真空管の一本が弾け、シャーシが煌めきながら砂利の上を転がった。

凍り付いたような一時の間、一三さんは地面の上のそれを見つめた。

……ラジオのスピーカーは沈黙していた。『ソラ』は無事で、丸っこい頂部が午前中の強まってきた日光を照り返している。

一三さんは後退りして、走って取って返すと、掃除をしていた家族を呼び止め、今あったことをそのまま話した。

「何だって？」父親の芳明さんが、邪魔をされて見る見る怒ったような顔付きになる。

慌てていて話の要領が伝えきれていない。怯みながらも、もう一度話した。

「何かの拍子に電波が入ったんじゃないのか？」

芳明さんはどうでも良さそうにそう言ったが、善治さんが言下に否定した。

「それは有り得ん。あれには、そもそも電源がない」

「……ちょっと、気になるわね」と母親が言った。

「御近所で聞いたんだけど、この家って随分住人の出入りが激しかったそうじゃない。何で？」

「それは……」芳明さんが言葉を濁した。何か知っているのかもしれない。

この家には、二階にしか天井裏はない。皆、一様に上方を見上げた。

皆で二階に上がっていく。調べてみると、よくある造作だが、押し入れの天井板が外れて屋根裏を覗けるようになっていた。

布団を座敷に出し、芳明さんが押し入れの上段に潜り込んだ。外した板の間から恐る恐る上半身を入れていく。

「……あ」

それは、すぐ目の前に置かれていた。長さ六十センチくらいの木製のケース。黒い真田紐でぐるぐる巻きにされていた。

結構な重さがあるらしく、埃に塗れたそれを芳明さんは両手で引き出し、抱えて皆に見せた。

善治さんが受け取り、床に新聞紙を広げてそれを置いた。

長細い木箱の表面には、ラベルも箱書きらしきものも何もない。

「何だろう？」

「……どう考えたって、碌なもんじゃねえな」

「開けるんですか？」

「開けるしかないだろう」

魔除けのつもりなのか、窓から差し込む日光の一番強いところへ新聞紙ごと移動させ、善治さんが紐を解いていった。

そして、骨董品を入れるような杢目《もくめ》の浮き出た蓋を開ける。

黄ばんだ脱脂綿がぎっしりと詰め込まれた中に、小ぶりの刀のような物が納められていた。

鞘はなく、その刀身が異様に黒い。

「何？」

「三十年式銃剣だ」

「ゴボウ剣か」

三十年式銃剣は、日本陸軍が明治期から終戦まで使用した最もありふれた装備で、約八百四十万本が生産された。昭和十六年以降は、夜戦を考慮して刀身が黒く塗装されていた為、その見てくれから俗に『ゴボウ剣』と称された。

「……研いであるぞ」

ゴボウ剣は片刃の作りだが、生産時には刃を付けていなかった。使用するときには、砥石で研がなければいけなかったのである。

「しかも錆びてねえ。あっという間に錆びるので有名なのに」

「……これを見ろよ」

善治さんが、蓋の裏側を見るように言った。

誅戮《ちゅうりく》五名ニ及ブ名器ナリ　銘ヲ――

そこから先は、貼り付けられた紙が焦げたようになっていて判読できなかった。縁起でもない。書いてあったのが真実ならまるで血を吸いすぎた魔剣のような物だから、とっとと処分してくれと母親がすっかりヒステリックになって喚き立てたので、男共は相談して警察に持っていくことにした。

どのみち、前々年に施行された銃刀法にも触れるので、それが一番良いだろうということになった。

所轄の警察署までは歩いて行ける距離である。善治さんが箱を風呂敷に包んで持ち出し、即日届け出た。

店の部分の改装が始まり、工務店の一団が出入りし出すと家は見違えるように明るく感じるようになった。

あっという間にカウンターが取り付けられ、内装が進んでいく。それをじっと観察する日々が続くうちに、例の『ゴボウ剣』のこともだんだんと気にならなくなっていった。

あのラジオらしきものが何か肉声を発したことも、徐々に現実感は薄れ、ひょっとして何かの勘違いだったのかもしれないと思うようになってきていた。

ただ、この家は地域では幽霊屋敷として有名だったらしく、借りていた家族が一晩で逃げ出したり、新婚夫婦が入ってすぐに刃傷沙汰を起こしたり、耳目を引くようなことが起きていたらしい。

向かいの店の同い年の子供と話すようになっていたが、

「何も出ない?」と、真顔で訊かれたりもした。

もし、あのまま『ゴボウ剣』が天井裏にあったら、何か不幸事が起きていたのだろうか。

そう思うと、あの『ソラ』の取り付けられたラジオは恩人だということになるのかもしれない。

考えようによっては、海軍の名器と陸軍の名器が同居していた訳で、善治さんに言わせると、

「喧嘩しない訳がない。お互いが気に喰わなかったんじゃねえのか」ということらしかった。

道端に放り出したあのラジオは、誰かが拾ってでもいったらしく、見にいったときには

なくなっていた。

だが、昭和五十年頃、オーディオマニアになっていた一三さんは、あるジャンク屋で『ソラ』に再会する。

真空管アンプの自作の為に、いいタマがないかと郊外まで足を伸ばしているうちに、商品に電子部品のあるジャンク屋を見つけた。

店の奥へ行くほど全く整理のされていないそこで、思いがけず真空管の山に出くわした。許可を貰って自作のテスターを持ち込み、嬉々として一球一球断線をしていないか確かめていると、機械的に掴んだそのうちの一つが『ソラ』だった。

だがまさか、かつて見つけたあの『ソラ』そのものだとは思わない。断線はしていなかったので、嬉々として買い求めた。二束三文だったという。

しかし、そのままではアンプの部品としては使えなかった。アダプターを介すれば使えないこともないが、万能管だとはいえそもそもそこまで無理して組み込むのもどうなのか。

真空管は消耗品であるので、弄ってむざむざ断線させるのも惜しかった。

そういう訳で『ソラ』はお気に入りのオブジェとして、立てた形で居間のカラーテレビの上に置かれていた。

ある日、テレビを見ていると、その上にある『ソラ』の静電シールドの辺りが赤くなっているような気がした。

ザザッとテレビの音に雑音が入り、あの若い男の声で、

「……バンザイ……」と聞こえた。

直感したが、『ソラ』は断線していた。

テレビでは、戦争終結から二十九年を経過した小野田寛郎氏の帰国を放送していた。

著者あとがき

鈴堂雲雀

【事実】と【口伝】では内容が大きく異なる場合があるようです。実体験者が鬼籍に入られても、怪談として残ることで、大きな意義に繋がることを切に願います。

戸神重明

今年は幾つか怪談会に参加させていただきまして、怪談仲間が増えました。来年は地元開催が目標です。お世話になった皆様、ありがとうございました。魔多の鬼界に!!

渡部正和

今回、太平洋戦争に出征された方々に取材したところ、地獄のような記憶だけではなく、中には天国のように楽しかったという方も……何だか複雑な気持ちになりました。

高田公太

故郷である青森県弘前市に永住することとなりました。今後は津軽の怪談が多めになるかと思います。なまっても～、かいだ～ん。

つくね乱蔵

今回のテーマは難しかった。取材の難しさもあるが、どうしても教訓めいた内容になるからだ。それでもなお、様々な色の話が集まるのは凄い（変な）人達だなと呆れる。

鳥飼 誠

神沼三平太

久田樹生

三雲 央

ねこや堂

加藤 一

雨宮淳司

この夏、自分は老人ホームへ転職しました。太平洋戦争を知る方々が、最も沢山いる場所です。これは何かの縁でしょうか？

とある海外の話を取材しようと考えていたが、体験者が「エボラが怖い」と言って帰国しない。人類は今まさに戦時下なのだと気付かされた。戦う相手は人だけではないのだ。

今回は我が力不足を痛感す。ただし、まだ道半ばを歩いている身としては、実に良い経験であったとも感ず。目指す場所は他者と違うなれど、これもまた必要なり。

状態の良いA－2をここ数年探し求めています。今着ているボロのG－1が朽ちる前までにどうにか入手していたい。

今回、一番苦手なジャンルで頭を抱えました。いや、どんなテーマでも一度は頭抱えるんですけどね。それでも、良い話を書かせて戴けました。ありがとうございます。

戦争とは生存競争という人の営みのひとつの形であって、後ろめたさから生まれた教訓めいた戒めを幾ら語ってもなくすことはできない。戦時を知る日本人もだいぶ減りました。

「ソラ」は女学生でも作れるように、大量生産を前提として設計されました。ただし、手作りであり、「ソラ」を見ていると、当時の日本の限界を見ているような気がします。

本書の実話怪談記事は、恐怖箱 怪戦のために新たに取材されたものなどを中心に構成されています。快く取材に応じていただいた方々、体験談を提供していただいた方々に感謝の意を述べるとともに、本書の作成に関わられた関係者各位の無事をお祈り申し上げます。

恐怖箱 怪戦

2014年12月6日　初版第1刷発行

編著　加藤 一

表紙　近藤宗臣
カバー　橋元浩明（sowhat.Inc）
発行人　後藤明信
発行所　株式会社　竹書房
〒102-0072　東京都千代田区飯田橋 2-7-3
電話 03-3264-1576（代表）
電話 03-3234-6208（編集）
http://www.takeshobo.co.jp
振替 00170-2-179210
印刷所　図書印刷株式会社

定価はカバーに表示しています。
落丁・乱丁本は当社にてお取り替えいたします。

ISBN978-4-8019-0071-4 C0176